ECUS

ECUS

艾默思・奧茲
AMOS OZ

地下室的黑豹
PANTHER IN THE BASEMENT

鍾志清——譯

獻給　丁、納達夫、艾龍

國內外名家、媒體誠摯推薦

「這是一場尚未發生但卻真實存在於孩童視野的戰爭。艾默思．奧茲透過屬於希伯來語的『詞彙』，展演了一場辯論式的戰役，挑戰了『故事本身就是一種背叛』的敘事可能。這部小說，從一個小孩所處的家庭，看見了『以色列土地上的猶太人』來自歷史的不安，以及遷徙者的尷尬存活狀態。故事中對於『背叛者』進行了孩童視角的詮釋。閱讀《地下室的黑豹》帶出更多的延伸索引是：作為一座海洋上的孤島，對比另一座陸地孤島，『背叛』的現實感，如何進行座標？正因為孩童面對成人世界的背德與信仰，可以如此簡化，而後才生成極度複雜的背叛層次，等待著讀者咀嚼與思考。」

——高翊峰（小說家）

「《地下室的黑豹》中，普羅菲的第一次『背叛』是在十二歲；而真實生命裡，奧茲也於十四歲背叛了他的父親。母親死後，原來就與父親相處不睦的青年奧茲，離家出走，抵達另一座城市。他將父親的姓氏，塗改成了奧茲（不知與《綠野仙蹤》有無關係：一個虛構的國度）。奧茲開始寫作，彷彿普羅菲那樣，他翻騰於詞物之間，編排字的順序，寫下猶太族裔的歷史。並於五十八歲這一年，出版《地下室的黑豹》，反思『背叛』的意義。由此看來，這本書便不只是一部民族離散史，也同時是奧茲一生的課題，一部懺悔錄。」

——陳柏言（作家）

「以色列當代文學必讀經典之作。在小說中我們看見了全面戒嚴的政治局勢與少年成長完全緊扣在一起，那個讓人無法好好呼吸的時代已隨時間消逝，關於忠貞與背叛、理想與現實，親炙血濃於水的民族情感與人道主義，進行層次豐富的睿智思考，面對始終處於敵對狀態的恐怖平衡，以色列與巴勒斯坦的人民如何能尋求一個可以對話並相互理解的管道，透過小說家具體的描述，帶領我們進入歷史現場，切身感受屬於中東色彩的戰爭與和平。」

——銀色快手（荒野夢二書店主人）

「這部小說相當吸引我的一個部分，是主角男孩與英國員警鄧洛普的情感。艾默思．奧茲在步入盛年時回頭觀望，寫下童年的這一小片段時光，下筆看似輕微，卻包含了他對以色列的濃重情感，強烈的力道撼動人心。」

——J. M. 柯慈（二〇〇三年諾貝爾文學獎得主）

「一個國家絕對需要能代表其良心發聲的作家。這樣的作家對任何一個國家而言皆屬罕見。而以色列，很幸運擁有了奧茲。」

——《華盛頓郵報》

「這部小說寫得相當深刻，亦充滿豐富的想像力和創意，它就像一首詩，傳達了作家對於生命的寬容態度。相較於奧茲的其他小說，總是像源源不斷的強勁湍流，《地下室的黑豹》反而像一場時而歇時而落的大雨，帶著冷涼的氣息，刺人心扉。」

——《紐約時報書評》

「以巧妙的寓言手法，揭開以色列人在一九四七年的反抗運動。充滿情感、幽默的純真視角，為耶路撒冷擦出了動人火光……這部作品足以成為艾默思．奧茲一直是諾貝爾文學獎熱門人選的有力證明。」

——《寇克斯評論》

「以耶路撒冷政治敏感時期為背景，艾默思．奧茲雖然是藉由一個十二歲男孩寫下他眼中的那個動盪的城市，舉重若輕地探討了『背叛』此一主題，但這部小說直可視為奧茲本人的一次最深情的放縱。」

——《紐倫堡日報》

「故事主角不斷對自我的提問，對回憶真實性的質疑；在想像和現實之間，是他不斷追尋的答案：到底何謂背叛？而背叛身後，是否存在比背叛更忠誠的真相？……奧茲的小說，一直將我們帶往生命最深沉的肌理，是我們迷惑時最有力量的指引。」

——《南德意志報》

譯序——

這就是奧茲！

艾默思．奧茲應該說是時至目前華人學術界、創作界和新聞界最為熟悉的以色列希伯來語作家。

《地下室的黑豹》是一部記憶小說，其希伯來文版首發於一九九五年。它以作家的童年經歷為基礎，又融進了豐富的文學想像。用作家本人的話來說：故事本身來自黑暗，稍作徘徊，又歸於黑暗。在記憶中融進了痛苦、歡笑、悔恨和驚奇。

小說的背景設定於一九四七年夏天英國託管巴勒斯坦的最後階段。那是巴勒斯坦歷史上非同尋常的時期，因為數月後，即一九四七年的十一月二十九日，聯合國大會將在紐約成功宣布巴勒斯坦分治協議，允許第二年在巴勒斯坦建立兩個國家，一個阿拉伯國家，一個猶太國家，英國人很快就會結束在巴勒斯坦的委任統治，離開那片土地，以色列國將會建立，以色列與阿拉伯世界從此陷入無休止的衝突之中。在歷史巨變的前夜，英國士兵、猶太人的地下組織、阿拉伯民族主義者紛紛行動：槍擊、爆炸、宵禁、搜查、逮捕、迫在眉睫的戰爭與種種可怕的謠傳，不但給人們的日常生活平添了許多不安定的因素，也留下了許多令人匪夷所思的謎團。曾在《我的米海爾》、《鬼使山莊》和《愛與黑暗的故事》等作品中，對這一歷史進程做過不同程度觸及與把握的奧茲，再次以這個特殊而複雜的歷史時期為背景，借助奇巧的構思、睿智的分析、優美的行文在《地下室的黑豹》中觸及諸多發人深省的問題。

小說主角首先以成年人的口吻交代「在我一生中，有許多次被人叫作叛徒」，給讀者留下了懸念，隨之回憶起自己在十二歲那年因為與當時猶太人的敵對方英國人來往，第一次被稱作叛徒的情形。總體看來，小說的主要情節是在家、東宮和特里阿扎森林（Tel Arza Woods）三個主要場景中展開的。

大家知道，奧茲素以破解家庭生活之謎見長。他在《地下室的黑豹》中，再次運用爸爸、媽媽、孩子三個人物構成了家這個場景的核心：爸爸、媽媽來自烏克蘭，他們的親人全死於希特勒之手，這一點顯然與奧茲本人的經歷有別。爸爸是學者，在爸爸的性格中，理性占了上風，「他講究原則，為人熱情，對正義忠貞不渝」，具有強烈的仇歐情緒；而媽媽則喜歡追憶過去，故鄉烏克蘭的河灣、河面上星星點點的鴨群、緩緩漂流的藍色百葉窗、河流和草地、森林和田野、茅草屋頂和薄霧中的悠揚鐘聲令她魂牽夢縈。熟悉奧茲的讀者往往會覺得這一切似曾相識，但此次，作家的關注視點有所轉移。我們在《愛與黑暗的故事》、《我的米海爾》和其他作品中，看到的家庭悲劇和夫妻情感均被置放到了邊緣地位，孩子則成了家庭的中心人物，也成了整部作品的主角。他在家中見證的不再是父母那痛苦而缺少生氣的日常生活，而是他們頗有幾分讓人憧憬，甚至驚心動魄的地下活動（爸爸為地下組織編寫標語，收藏違禁品，媽媽悄悄救助傷患），親臨了英國士兵前來搜查時的緊張局面。幾乎所有的情節設置，都與孩子的所謂「背叛」行為有直接或間接的關聯。

這個孩子年僅十二歲，他因酷愛詞語而贏得「普羅菲」①綽號，說話的方式與眾不同，並喜歡寫詩拿給女孩子看。由於在家中受參加地下抗英活動的父母影響，在學校和其他場合又聽成人進行民族主義宣傳「我們生活在一個生死攸關的時期」、「希伯來民族要經受住考驗」，他立志為民族的事業而戰。他提議創辦了「霍姆」②祕密組織，加盟這個組織的還有他的兩個小夥伴本·胡爾和奇塔。他們想用舊冰箱裡拆下的馬達等材料製造火箭，打到英國的白金漢宮，把英國人趕出他們心目中的猶太人領土。他們還喜歡看好萊塢影片，模仿裡面的英雄人物。普羅菲本人更是為影片中的英雄著迷，經常把自己比作「地下室的黑豹」，意思是等待時機猛撲出去，為自己所謂的信念而獻身。

但是，他的英雄夢屢屢受挫。在一個宵禁的夜晚，他被一個英國員警所救。這個英國人來自坎特伯雷，講聖經希伯來語，崇拜古老的猶太文化，熱愛耶路撒冷。普羅菲深受英國人的吸引，答應與他語言交換（相互學習英文和希伯來文），甚至天真地想藉此機會，向英國員警套取情報，完成他所謂的民族主義理想。但事與願違，小夥伴把他叫作叛徒，而他自己也無法確定自己與英國人的交往是否屬於背叛行徑，經常陷於靈魂的掙扎中。

①「教授」一詞的希伯來語縮寫。
②希伯來語音譯，意為「自由還是死亡」。

圍繞什麼是「叛徒」問題的討論，首先是在主角的家中進行的。那是在某天早晨，家中牆壁上赫然出現了「普羅菲是卑鄙的叛徒」幾個黑體字之後。爸爸認為「叛徒」是「一個沒有廉恥的人。一個偷偷地、為了某種值得懷疑的好處，暗地裡幫助敵人，做有損自己民族的事或傷害家人和朋友的人。他比殺人犯還要卑鄙」。而媽媽則認為「一個會愛的人不是叛徒」。父母的不同觀點成為支撐普羅菲理解叛徒意義的兩個支點。他自己也試圖通過翻閱百科全書，弄清楚叛徒的諸多字面含義。他甚至對著鏡子盤問自己究竟長著一副叛徒的模樣，還是地下室裡黑豹的模樣。

場景之二：東宮。名曰東宮，實為搖搖欲墜的棚屋，掩映在西番蓮中。這是普羅菲和英國員警鄧洛普士官換課並且交談的地方。普羅菲在和英國員警交往時內心矛盾重重。儘管他不斷提醒自己，絕不能一刻忘記英國人是敵人，也從不告訴對方自己的姓名，像地下戰士那樣稱自己是「以色列土地上的猶太人」，有時為贏得對方信任才喝下他買的檸檬汽水，有時卻不由自主地告訴對方，爸爸也懂拉丁語和希臘語，甚至對人家產生了某種「喜愛」的情感，隨即又為自己的行為懊悔不已：「我的心在胸膛裡跳盪，猶如一隻地下室的黑豹。我以前從未做過如此傑出的益事，或許以後也不會了。然而幾乎與此同時，我嘴裡嘗到了酸味，卑鄙叛徒的可恥滋味：如同粉筆刮蹭時的戰慄。」

場景之三：特里阿扎森林。這是普羅菲和「霍姆」組織成員開會、請求批准他執行刺探任務的地方，也是他因犯有所謂的叛變罪而接受審判的地方。普羅菲的兩個小夥伴本・胡爾和奇塔，模仿美國影片對他進行了持續不到十五鐘的審判，既嚴肅又滑稽，頗具黑色幽默的味道。一臉狐相的本・胡爾得出結論：「本庭相信叛徒所說他從敵人那裡得到了一些情報。本庭甚至接受叛徒沒有把我們洩漏出去的說法。對叛徒所說他未從敵人那裡得到任何報酬的錯誤證詞，本庭表示憤慨並予以駁回：叛徒收了薄脆餅乾、檸檬汽水、香腸肉捲、英語課、一本包括新約在內的聖經，新約攻擊我們的民族。」普羅菲找理由為自己辯解，但無濟於事。他一氣之下，宣布解散自己創建的地下組織，與朋友們徹底決裂。

表面看來，小說在寫少年故事，實際則是把個人命運和共同體前途放在一起來探討個體身分，顯示出作品的道德深意和作家的矛盾心態。作為一個希伯來孩子，普羅菲也和當時的多數猶太人一樣，把英國人當成敵人，其人生致力於驅逐外國壓迫者，但其靈魂又受壓迫者困擾，因為這個壓迫者也來自擁有河流與森林的土地，那裡鐘樓驕傲地聳立，風標平靜地在屋頂上旋轉。在和英國員警交往時，他很快便被他吸引了，甚至「具有一種衝動，要跑去給他拿杯水」。在某種程度上，審判他的夥伴對他的背叛指控並非子虛烏有：「你普羅菲愛敵人。愛敵人嘛，普羅菲，比洩密還要糟糕。比出賣戰鬥者還要糟糕。比告發還要糟糕。比賣給他們武器還要糟糕。甚至比站到他們那一邊、替他們打仗還要糟糕。愛敵人乃叛變之最，普羅菲。」從某種意義上，主角已背叛了二十世紀四〇年代晚期巴勒斯坦地區猶太人心目中約定俗成的價值標準。在他看來，世上有非自私、非精心策劃的背叛，也有不卑鄙的叛徒。背叛者愛他正在背叛著的人，因為沒有愛就沒有背叛。這些富有哲理性的話語揭示出仇英背後的荒謬與非理性狂熱。

理智與情感、理想與現實、使命與道義、民族情感與人道主義準則等諸多充滿悖論色彩的問題，不但令主角費解，而且讓已經成人的作家無法釋懷（「直至今天，我仍無法向自己解釋那是怎麼回事」）。當然，在作家開始創作《地下室的黑豹》的一九九四年，英國人已經不再是猶太人的敵人，傳說中與猶太人具有血親關係的以實馬利③

的後裔阿拉伯人會成為他們的新敵。作品中寫道，人們會為舊日生活在那裡的迦南人——指阿拉伯人——感到難過。「猶太人會崛起，打敗他們的敵人，石造村莊會毀於一旦，田野和花園將會成為胡狼與狐狸出沒的地方，水井將會乾枯，農夫、村民、拾橄欖的、修剪桑樹的、牧羊人、放驢的都將會被趕進荒野。」

英國員警這樣說。猶太女孩雅德娜也這樣說：「即便真的是別無選擇，你必須去戰鬥，地下工作者也是極有害的。此外，那些英國人也許很快就會捲鋪蓋回家。我只希望他們走了以後，我們別後悔，痛惜。」雅德娜是小主角偷偷暗戀的一個女孩，比他大八歲。他曾經無意間在屋頂看到雅德娜換衣服，事後一直伺機想請對方原諒，但又羞於啟齒，經常為此懊悔不已，由此引發出另一個層面的精神探索，即一個男孩在成長過程中的心理期待問題，這裡不再贅言。雅德娜的話與英國員警的說法具有某種關聯，就像作家所說：「這些話酷似鄧洛普士官所說的，阿拉伯人是弱方，很快他們就

③以實馬利，《舊約》中的人物，是猶太先祖亞伯拉罕與妻子撒拉的使女夏甲所生的孩子，後與母親一起被撒拉逐出，相傳是阿拉伯人的祖先。

會變成新的猶太人。」這些討論觸及到了英國人走後巴勒斯坦何去何從的問題，預見到未來的潛在危險。普羅菲生雅德娜的氣，認為雅德娜說出了最好祕而不宣的東西；也生自己的氣，因為他沒有看出這種關聯。在某種程度上，雅德娜有點像他的精神導師，他向她傾訴自己所有的問題與困惑，而她則告訴他從父母和老師那裡均無法得到的答案。「你跟我說的那個士官，似乎真的很好，他竟然連孩子都喜歡，但是我認為你不會有什麼危險。」喜歡孩子的人懂得愛，會愛的人不會背叛。也許，這種幼年時期的心靈觸動是日後形成作家的人道主義情懷的一個誘因吧。

理想主義者希望猶太人與阿拉伯人和平相處，但兩個世界中的極端主義人士對此竭力反對。一九九三年，以色列總理拉賓和巴勒斯坦解放組織主席阿拉法特在挪威達成了《奧斯陸協定》。天真的人們曾一度以為以巴和平在即，但兩年後拉賓便倒在了猶太極端主義者的槍下，以巴雙方衝突再起，和平再度遙遙無期。一向主張以巴和平的奧茲，因在一九九四年攻擊猶太定居點的極端主義分子，也被右翼人士稱作叛徒，這在某種程度上與小說的開頭相呼應。浮現在普羅菲腦海裡的那幅畫面：爸爸、媽媽和鄧洛普士官在安息日清茶一盞，共話雙方感興趣的話題，雅德娜在吹豎笛，而「我」

躺在她腳邊的地毯上，地下室裡一隻幸福的黑豹，迄今依然可以說是作家心目中的一個美好夢想，只是裡面的人物發生了變化。從這個意義上，《地下室的黑豹》用形象的筆法表達了作家的人生理想，在歷史與現實之間建構了一種象徵性的聯繫，對本民族信仰深處某種極端性因素發出了危險信號。

當然，小說的動人之處不只在其意蘊，也在其行文、肌理與格調。英國員警離去後，給主角心靈深處留下了永遠的痛，母親故事中那不知飄向何方的藍色百葉窗，聲聲豎笛中緩緩重現在記憶中的一個個故人、一件件舊事，使人會在掩卷時慨歎，這就是奧茲！

地下室的黑豹

1

在我一生中，有許多次被人叫作叛徒。第一次是在我十二歲零三個月那年，住在耶路撒冷城邊的時候。那是在暑假，還有不到一年英國人就會離開這片土地，以色列國就會在戰爭中誕生。

一天早晨，就在我們家的外牆，剛好在廚房的窗下，赫然出現了幾個粗黑的字：**普羅菲是卑鄙的叛徒**。正是「卑鄙」這個詞，提出了一個令我如今坐下來寫這個故事時仍覺得意猶未盡的問題：叛徒能否不卑鄙？如果不能，為什麼奇塔・萊茲尼克（我認得他的筆跡）會多花工夫加上「卑鄙」二字？如果能，在什麼情況下背叛不是卑鄙的？

我長這麼高的時候就有了「普羅菲」的綽號。普羅菲是希伯來文「教授」的縮寫，他們這麼叫我是因為我沉迷於觀察詞語（我仍然熱愛詞語：將其採集、排列、打亂順序、倒置、組合在一起。就像愛錢的人擺弄錢幣和鈔票，愛紙牌的人耍弄紙牌）。

那天早晨六點半，爸爸出去拿報紙時看到了廚房窗下的字跡。吃早飯時，爸爸把覆盆子醬塗在一片黑麵包上，冷不防地把刀子插進果醬罐，都幾乎插到底了。他不疾不徐地說：

「好極了。天大的驚喜。閣下做了什麼好事，讓我們能如此榮幸？」

媽媽說：

「一大早就別奚落他了。別的孩子奚落他，就夠他受了。」

爸爸和那時我們鄰居的多數男子一樣，總是一身卡其服。他的手勢，還有聲音，在在表明自己是絕對正確的一方。他從果醬瓶裡挖出一大塊黏稠的覆盆子醬，往兩片麵包上各抹一半，說：

「實際上，如今大家把『叛徒』一詞用得太氾濫了。但誰是叛徒呢？確實。就是一個沒有廉恥的人。一個偷偷地、為了某種值得懷疑的好處、暗地裡幫助敵人，做有損自己民族的事或傷害家人和朋友的人。他比殺人犯還要卑鄙。請把你的雞蛋吃光。我在報紙上看到，在亞洲，人們正因饑餓而死。」

媽媽把我的盤子拉到她跟前，吃光了我的雞蛋和剩下的麵包和果醬，不是因為餓，而是為了平安無事。她說：

「一個會愛的人不是叛徒。」

媽媽說這些話，既非針對我，也非針對爸爸。根據她眼睛看去的方向判斷，她正朝著黏在廚房冰箱上方牆壁的蝸牛，並沒有特定對象。

2

早飯後，爸媽急急忙忙趕公車去上班。我閒在家裡，傍晚到來之前，我擁有大把的時間，因為這時正在放暑假。我先把桌子收拾乾淨，把所有的東西放到該有的位置：冰箱裡的放回冰箱，碗櫥裡的放回碗櫥，水槽的放到水槽；我喜歡一個人待在家裡，整天無事可做。我先把餐具洗乾淨倒過來放在那裡晾乾，然後，我從一個房間走到另一個房間，關上百葉窗和窗子，這樣便可以有個小窩，直到傍晚時分。沙漠裡的陽光與灰塵可能會損壞父親依牆排列的書，而其中一些書則是珍藏本。我看過早報，而後把它摺疊起來放到餐桌上，又把媽媽的胸針放進首飾盒裡。我做這一切，並非像個突然悔悟的卑鄙叛徒，而是出於酷愛整潔。直至今日，我依然習慣於每天早晚在家裡四處走走，把所有東西放回原處。五分鐘前，當我寫到關閉百葉窗和窗子時，我放下筆，因為我想到要起身關上衛浴間的門；也許門自己願意敞開著，這是我在關閉它時從它的呻吟聲中聽出來的。

整個夏天，我父母早晨八點鐘出門，晚上六點鐘返回。我的午飯就放在冰箱裡，我的日子清楚得一覽無遺。比如，我可以用五到十個一小組士兵，要不就是拓荒者、勘測員、修路工、修堡壘者在小地毯上開始做遊戲，慢慢地我們可以駕馭自然力，打敗敵人，征服無保護的空間，建造城鎮與村莊，鋪設道路把它們連接起來。

爸爸是一家小出版社的校對和助理編輯。夜晚，他習慣坐到凌晨兩三點鐘，四周是書架投射的陰影，他的身體沉浸在黑暗之中，只有灰色的頭顱在檯燈光圈裡飄動，彷彿他正吃力地匍匐於書桌上那堆書山之間的小路，為準備撰寫波蘭猶太人歷史的巨著，在紙條和卡片上做筆記。他講究原則，為人熱情，對正義忠貞不渝。

而我媽媽，喜歡把手裡半空的茶杯舉起來，透過茶杯，凝視窗中的藍光。有時她把杯子貼在臉頰上，如同從接觸中汲取溫暖。她在為新移民來的孤兒們開設的慈善學校裡當老師。這些孤兒曾設法在寺廟和偏僻的村莊裡躲避納粹，現在來到了我們這裡，正如媽媽所說：「直接從死亡陰影幽谷的黑暗中而來。」她會立即糾正自己：「他們來自一個地方，那裡的人們相互之間就像惡狼一樣。即使是難民對難民。即使是孩子對孩子。」在我的腦海裡，我會把偏僻的村莊與恐怖的狼人意象和死亡陰影幽谷的黑暗聯繫起來。我喜歡「黑暗」和「幽谷」等詞語，因為它們立即使帶有修道院和地下室漆黑一片的幽谷出現在我腦際。我喜歡死亡陰影，因為我並不瞭解它。我如果喃喃說出「死亡陰影」，便彷彿聽到了某種深沉的聲音，如同鋼琴彈奏的最低調音符，一個拖著一串模糊回聲的音，好像發生了一場災難，現在無法挽回了。

我回到廚房。我在報紙上看到，我們生活在一個生死攸關的時期，因此必須充分利用所有道義上的資源。報紙上還說英國人的行為正在「投撒濃重的陰影」，號召希伯來民族「經受住考驗」。

我出了家門，像在抵抗運動中那樣環顧四周，確定沒人注意我：比如，一個戴墨鏡的陌生人，用報紙遮住臉，埋伏在路對面某座大樓的出入口。但是大街似乎正全神貫注於自己的事情。蔬果商正把空籃子靠牆堆疊起來。一個在西諾皮斯基兄弟開的雜貨店裡幹活的男孩，正拉著一輛吱吱嘎嘎的手推車。沒兒沒女的老帕尼·奧斯特洛夫斯基正打掃著門前的人行道，這也許是上午的第三次打掃了。格里皮尤斯醫生正坐在陽台上填寫檔案索引卡：她是單身，我爸爸正幫她搜集資料，以撰寫關於她的故鄉巴伐利亞羅森海姆的猶太人生活的傳記。賣煤油的趕著馬車緩慢地走過，韁繩垂拖在他的膝蓋上，他搖動著手裡的鈴鐺，向他的馬唱起一首纏綿哀怨的意第緒語歌。於是我站在那裡，目不轉睛地仔細查看「普羅菲是卑鄙的叛徒」這幾個粗黑的字，也許有些微小的細節能提供線索。由於倉促或害怕，希伯來文BOGED（叛徒）的最後一筆，寫得更像字母R，而不是D，這使我不像卑鄙的BOGED（叛徒），而像一個卑鄙的BOGER（成年人）。於是，那天早晨，我把自己當作成年人，愉快地付出了一切。

很顯然，奇塔·萊茲尼克簡直是在做「巴蘭傳諭」④。

教我們聖經和猶太教的澤魯巴比爾·吉鴻先生在班上對我們解釋說：

「所謂的做『巴蘭傳諭』，意思就是本來想詛咒，結果變成了祝福。比如，英國部長歐尼斯特·貝文在倫敦議會上說猶太人是頑固的人種。他就是在做巴蘭傳諭。」

吉鴻先生慣於用些不太有趣的俏皮話為課堂增加點情趣。他經常把自己的太太當成嘲弄的笑柄。比如說，當他想闡述《列王紀》中關於鞭子和蟹尾鞭的段落時，他說：「蟹尾鞭比鞭子厲害兩百倍。我用鞭子折磨你們，我太太用蟹尾鞭折磨我。」要不就是說：「《傳道書》第七章『好像鍋下燒荊棘的爆聲』這句，我們可以去想：這就如同吉鴻太太唱歌一樣。」

有一回我在吃晚飯時說：

「我的老師吉鴻先生幾乎沒有一天不在班上背叛他太太。」

爸爸看看媽媽說：

「你兒子肯定發瘋了。」（爸爸喜歡「肯定」一詞，也喜歡「毋庸置疑」、「顯然」、「確實」等詞語。）

媽媽說：

「你怎麼就不能不侮辱他，想法弄清楚他要說什麼呢？你從來就沒真正聽過他說話，也沒有聽過我說話，沒聽過任何人說話。你大概只聽新聞廣播。」

「世上一切事物，」爸爸冷靜地作答，像平時一樣不容爭辯，「至少有兩面。這是人盡皆知的，只有少數狂熱的靈魂除外。」

我不懂「狂熱的靈魂」是什麼意思，但我知道眼下不是問話的時候。於是，我讓他們面面相覷地坐了差不多一分鐘——他們有時就像在比腕力那樣一言不發——然後我才說：

「陰影除外。」

---

④巴蘭傳諭：典故出自《舊約》中的《民數記》22－24，大意是摩押王巴勒及其民眾因以色列民甚多，非常懼怕，召巴蘭詛咒他們，但巴蘭卻按照上帝的旨意，為以色列人祝福。

爸爸用狐疑的目光盯了我一眼，眼鏡滑到了鼻粱上，來回搖晃著腦袋，那副表情令人想起我們在聖經課上所學到的，「他指望結好葡萄，怎麼倒結了野葡萄呢？」⑤他眼鏡上面的那雙藍眼睛望著我，露出掩飾不住的失望，這失望既是對我，又是對整個年輕一代，是對教育體制失敗而產生的失望——他對這種教育體制投以蝴蝶，但教育體制卻以蝶蛹回報他。

「你說的『陰影』是什麼意思？陰影在哪兒？」

媽媽說：

「你怎麼就不能不制止他？想法弄清楚他要說什麼。他一定是想說什麼。」

爸爸說：

「好啊。千真萬確。那麼，閣下今天晚上要幹什麼？這一次有勞您向我們彙報一下是何種神祕的陰影？『像人一樣的山影』⑥？還是『像奴僕一樣切慕黑影』⑦？」

我起身要去睡覺。我不欠他任何解釋。然而，使命召喚著我說：

「爸爸，陰影除外。你剛才說世上任何事物至少有兩面。基本正確。但是你忘記了，比如說陰影，只有一面。你要不相信我，就去查查吧。你甚至可以做一兩個實驗。你不是教我說任何規則都有例外，不應該一概而論嗎？你忘記是怎麼教我的了。」

說著，我起身收拾桌子，然後走進自己的房間。

⑤語出《舊約．以賽亞書》5：2。
⑥語出《舊約．士師記》9：36。
⑦語出《舊約．約伯記》7：2。

3

我坐在爸爸書桌旁的椅子上，拿出大字典和百科全書，學他的樣子，開始在一張空白卡片上列出一張詞彙表。

叛徒：變節者，叛逃者，脫逃者，叛教者，告密者，打小報告者，合謀者，當人眼線者，陰謀破壞者，間諜，內奸，密探，長期潛伏的間諜，外國特務，雙重間諜，坐探，布魯圖⑧（參見羅馬），奎西林⑨（參見挪威），猶

⑧布魯圖（M. J. Brutus, 85B. C.-42B. C.）：晚期羅馬共和國的一名元老院議員，他組織並參與了對凱撒的謀殺，因此背上了叛國的罪名，不得不逃往東方。

⑨奎西林（V. A. L. J. Quisling, 1887-1945）：納粹時期挪威政府的頭子，一九四五年被抵抗組織隊員逮捕，挪威人破除了長期以來反對死刑的戒律，對他施行了死刑。他的名字成為賣國賊的代名詞。

大⑩（基督教用法）。形容詞：背叛的，不可靠的，不守信用的，不忠實的，不忠貞的，兩面的。動詞：背叛，欺騙，背信棄義，變節，叛變，不信守諾言，告發。短語：草裡的蛇，披著羊皮的狼，往背上捅一刀，卑鄙地傷害。聖經用法：患難時依靠不忠實的人好像損壞了的牙（《箴言》25：19）；他們都是行姦淫的，行詭詐之徒（《耶利米書》9：2）；行詭詐的，你為何看著不理呢？（《哈巴谷書》1：13）

我合上字典，感到頭暈目眩。這張詞彙表在我眼裡就像茂密的森林，森林裡有許多互相交錯的路徑，從路徑上又蔓生出許多小道，為灌木所遮掩，蜿蜒盤旋，時而連到一起，時而再度岔開，伸向隱蔽的所在，那裡有洞穴、林下植物、迷宮、隱居者的小屋、裂縫、廢棄的山谷、奇觀與驚詫。叛變與開小差者、打小報告者與通姦者，不守信用者與騎牆派，陰謀破壞者與捅刀子的人，長期潛伏的間諜與告密者之間有什麼聯繫？布魯圖和奎西林做了什麼惡毒的事？還有，小道和旅程，彎彎曲曲的和烏龜之間有什麼聯繫？（直到今天，我在工作時也不敢打開百科全書或字典。如果打開，那麼半天時間就泡湯了。）我不再擔心我是什麼了，就算是叛徒，好爭論的孩子，或瘋瘋癲癲的孩子，都無所謂。整個上午我在百科全書的浩瀚煙海中徜徉，抵達出征前臉上塗滿顏料的巴布亞野蠻部落，抵達星球表面的陌生環形山，看到星球上猛烈的地獄之火在熊熊燃燒。不然就是反其道，踏入冰封雪凍之境，籠罩在永恆的黑暗之中（那裡是不是潛伏著死亡陰影？），登上群島，在遠古的沼澤上流連，碰到同類相食的動物和隱士、從示巴女王⑪時期就遭到遺棄的黑皮膚猶太人。我讀到大陸與大陸之間每半年在遊移中拉開半厘米距離（它們什麼時候能夠在遊移中分離？因為地球是球體，想必經過數億年，它們可在另一邊再次相會！）。而後，我查了布魯圖和奎西林，我也要查猶大，但是在查找過程中我在「光年」一詞那裡打住，這兩個字帶給我一陣劇烈的快感。

中午時分，饑餓把我從宇宙起源帶到了廚房裡。我匆匆吞下媽媽給我留在冰箱裡的食物：燕麥粒、肉丸和湯。「不要忘記把這些吃的在爐子上加熱幾分鐘，然後記住把

---

⑩猶大：耶穌十二門徒之一，後為了錢財，出賣了耶穌。耶穌被釘死後，猶大因悔恨而自殺。

⑪示巴女王：西元前非洲東部示巴古國的女王。據《舊約．列王紀上》第十節記載，示巴女王仰慕以色列王所羅門的智慧，曾前去拜訪，並贈以重金。

爐子關掉。」但是我沒有加熱，我不能浪費時間。我急急忙忙把飯吃光，返回正在消失的銀河系。突然，我注意到門下有一張字條，上面是本．胡爾的字跡：

> 給卑鄙的叛徒。今天晚上六點半，你準時到特里阿扎接受軍用法庭的審判，審判你嚴重的叛變行為，也就是和英國迫害者親串。「霍姆」組織⑫內部安全與審查部最高指揮官。不許遲到。還有，帶著毛衣、水壺，還有拖鞋，因為可能會審一夜。

我先用鉛筆改正了所有的錯誤：是「親善」不是「親串」，是「軍事」不是「軍用」。然後，我根據議事規則，把消息記住，把紙條放在廚房裡燒毀，在廁所裡沖掉灰燼，以便不留下任何蛛絲馬跡，好應付英國人挨家挨戶的搜查。接著，我回到書桌旁，試圖重新回到銀河系和光年當中。但是銀河系消失了，光年也退去了。於是我從爸爸的小卡片中拿出一張空白的，寫道：「形勢嚴峻，令人焦慮。」我又寫道：「可是我們絕不低頭。」接著，我撕掉卡片，把字典和百科全書放到一邊，感到有些恐懼。

我必須立即克服這種恐懼。

但怎樣才能克服呢？

我決定整理一下郵票。在集郵冊中，各有一枚郵票分別代表巴貝多（Barbados）和新喀里多尼亞（New Caledonia）。我設法把這兩枚郵票放進大本的《德國地圖冊》裡，然後找起了巧克力，可惜沒找到。最後，我回到廚房，舔了兩匙爸爸的覆盆子醬。

但一點用也沒有。真糟糕。

⑫「霍姆」是希伯來文「自由還是死亡」的縮寫形式的音譯，也是主角和兩個夥伴成立的祕密組織名稱。

4

在我的記憶中，英國所轄耶路撒冷的最後一個夏天就是這樣：從綿延的山坡上蔓延開來的一座城市。並非一座真正的城市，因為居住區全被薊草和碎石分割得七零八落。英國裝甲車有時停在街道拐角，它的掩體幾乎關閉了，就像強光照得人眼睛無法睜開。裝甲車上的機關槍正對著前方，就像伸出的手指：就是你！

黎明時分，男孩們會出去把地下組織的標語貼在牆上和路燈桿上。星期六下午，幾個客人會在我們家後院喋喋不休地爭論，喝著一杯杯滾燙的熱茶，吃著媽媽做的餅乾（我會幫她在柔軟的麵團上刻畫星星和花樣）。在爭論過程中，客人們和我父母都會使用迫害、滅絕、救贖、情報人員、遺產、非法移民、圍困、示威、哈吉・阿明⑬、

---

⑬哈吉・阿明（Haj Amin, 1895-1974）：英國託管耶路撒冷時期的阿拉伯民族主義者、穆斯林領袖。一九二一年到一九四八年任耶路撒冷大穆夫提（即宗教學者）。

極端主義者、基布茲、白皮書、哈伽拿⑭、自我克制、定居點、匪幫、世界良知、暴亂、抗議、非法移民等詞。偶爾，會有一位客人，通常是一言不發的那位，他瘦骨嶙峋、面色蒼白，顫抖的手指間夾著香煙，襯衣釦子一直扣到脖頸，口袋裡裝滿了筆記本和紙條，他會情不自禁地迸發出禮貌的火氣，大喊「像送去屠宰的羔羊」、「受保護的猶太人」之類的話，接著他會急急忙忙地加上一句，像是要糾正錯誤的表達：「但是我們絕不讓自己四分五裂，天理不容，我們在同一條船上。」

樓頂空蕩蕩的洗衣房裡裝上洗臉盆和電燈，從柏林來的裁縫拉札魯斯先生搬了進去。他個頭矮小，總是跟人點頭哈腰，還會不停地眨著眼睛；即使是在盛夏，也老是穿一件破舊的灰西裝和背心。他脖子上常會掛著一條綠色捲尺，像條項鍊一樣。據說，他的妻子和女兒都被希特勒殺了。而拉札魯斯先生又是怎樣活下來的呢？有種種猜測，種種傳聞，莫衷一是。我自己也想不透：他們會知道什麼？畢竟，拉札魯斯先生本人從來沒有講過那邊究竟發生過什麼。他在門口掛了塊紙牌，上面一半寫著德文，我不知道是什麼意思，另一半是他請我媽媽用希伯來文為他寫下的「柏林高級裁縫及打版師。承作各種款式。款式新穎。價格合理。信譽保證。」一、兩天後，有人撕下寫著德文的那一半：我們無法忍受在這裡使用劊子手的語言。

爸爸從箱子底找出一件開襟毛線衣，要我拿到樓頂請拉札魯斯先生換掉釦子，把接縫縫得更牢固。「其實，就是件破衣服，也許穿不到了，」爸爸說，「可他在上頭似乎餓到沒飯吃了，施捨總是讓人不舒服。那就把這件衣服拿過去。他可以換換釦子，賺幾個錢，感覺到自己在這裡受人欣賞。」

我媽媽說：

「好吧。就換個新釦子。可是幹嘛叫孩子上去？你自己去啊，和他說說話，邀他來喝杯茶。」

「那是肯定的嘍。」爸爸懶洋洋地說，片刻之後，他突然斬釘截鐵地補充說，「當然要邀請。一定邀請。」

拉札魯斯先生用舊床罩把樓頂一個偏僻的角落圍起來，又用金屬線固定，建成一個像籠子之類的空間。他再鋪上從舊床墊裡拆出的稻草，買了六隻母雞，又請媽媽在剩下的半塊紙牌上用希伯來語寫道：「出售新鮮雞蛋。」但後來即使到了過節，他也沒

⑭ Hagganah，指英國託管耶路撒冷時期的地下猶太軍事組織。一九四八年以色列建國後，成為以色列正規軍的核心。

把半隻母雞賣掉，讓人殺來吃。據說，他反而替每隻母雞都取了名字，夜裡還時常會起來，到樓頂查看母雞們是否睡得香甜。一天，我和奇塔·萊茲尼克躲在水箱中間，竟聽到拉札魯斯先生和他的母雞們拌嘴。是用德語。有聲明、堅持、解釋，甚至還為牠們哼了一曲小調。有時候，我拿一些乾麵包屑或是媽媽讓我挑出來不要的豆子罐頭上去，當我餵著母雞時，拉札魯斯先生不時會走過來，冷不防地用手指碰碰我的肩膀，而後他會抖抖手指，像是被火燒了一樣。我們兩人總是對著空氣交談，或者和不在場的人說話。

在這樓頂，我設了一個瞭望哨，就在拉札魯斯先生雞籠的背後，從那裡可以把其他屋頂盡收眼底，甚至可以窺看英國軍營。我通常站在那裡，藏在水箱當中，暗中觀看他們的晚點名，把詳細情況記在筆記本上，然後我用狙擊手步槍瞄準他們，來一次不費吹灰之力的準確掃射，將他們徹底消滅。

我從樓頂的瞭望哨上，還可以看到遠方散落在山丘斜坡上的阿拉伯村莊、守望山、橄欖山，再過去便是突兀而現的沙漠，而遠處東南方隱約可見到惡意山丘，山上是英國最高行政官的官邸。那年夏天，我在制訂摧毀它的計畫的最終細節，從三個方向展開攻勢；我甚至準備好了一份概要，當英國最高行政官被抓獲，在我的樓頂瞭望哨對其進行審訊時，我會毫不猶豫地把概要上寫的東西一一說出。

一次，我從瞭望哨上觀察本・胡爾家的窗口，因為我懷疑他被跟蹤了，在窗口出現的不是本・胡爾，而是他的姐姐雅德娜。她站在屋子中央，腳尖點地旋轉兩圈，像個舞蹈演員，突然，她解開衣釦，脫掉家居服，換上一件洋裝。在把家居服更換成洋裝的剎那，她潔白的肌膚上露出幾個黑色小塊：手臂下面兩塊，肚子下面還有一片令人目眩的小島。但很快地，這些黑色小塊就被她用洋裝遮住了裙子。我還沒弄清看見了什麼，也沒來得及從瞭望哨退去，甚至沒來得及閉上眼睛，就如同簾幕落下，把她從脖頸到膝蓋遮了起來。我確實應該閉上眼睛，可是一切轉瞬即逝。那一刻我在想：「我要死了。」我應該為此而死。

雅德娜有個未婚夫，還有個前未婚夫，據說，還有加利利（Galilee）的一個獵手，還有守望山的一個詩人，還有一個靦腆的崇拜者，他只能傷心地望著她，除了「早上好」、「今天天氣不錯」之外，沒有勇氣向她多說什麼。在冬天，我把自己寫的兩首詩送給她看。過了幾天，她說：「你要永遠寫下去。」這些話比多年來我聽到的許多話都奇妙，因為我確實一直在寫。

那天晚上，我決心鼓起勇氣大膽地向她說明，或至少大膽地給她寫信，請她原諒，解釋說我不是要偷看她，說我真的什麼也沒看見。但我沒有這麼做，因為我不知道雅德娜是不是注意到我就站在樓頂上。也許她根本沒看見我？我祈禱她沒看見我，然而又希望她看見我。

對於在瞭望哨看見的所有鄰居、村莊、山丘和高塔，我都瞭若指掌。在西諾皮斯基兄弟的雜貨店內，在診所排起的長隊伍，在對面多爾松家的露台上，在施伯萊特報攤前，人們會站在那裡談論未來希伯來國家的邊界，是否包括耶路撒冷？是否包括海法的英國海軍基地？是否包括加利利？還有沙漠？有些人希望文明世界裡的部隊會前來保護我們免遭阿拉伯人的殺戮（我們對每個民族都有固定的稱謂，就像名字和姓氏加在一起：背信棄義的阿爾比恩⑮、腐壞的德國、遙遠的中國、蘇維埃的俄國、富饒的美國。沿海有活躍的台拉維夫。離我們很遠的地方，在加利利，在山谷，是以色列勞動者的所在地。阿拉伯人被貼上嗜血成性的標籤。即使世界本身也擁有了幾個稱謂，這要視氣氛和環境而定：文明、自由、廣大、虛偽。有時人們說：「瞭解此事然而保持沉默的世界」，有時則是說：「世界不會對此保持沉默」）。

與此同時，在英國人撤走、希伯來國家終於出現之前，食品雜貨商和蔬果零售商都是早晨七點開門，晚上六點宵禁之前關門。鄰居們——多爾松一家、格里皮尤斯醫生、本．胡爾及其父母——還有我們自己，都聚集在布斯泰爾家裡，因為他有收音機。我們神情憂鬱、默默地站在那裡收聽耶路撒冷電台的新聞。有時，一陣黑暗過後，我們聽起「戰鬥錫安之音」的地下廣播，聲音放得很低。還有些時候，我們在新聞之後收聽尋人啟事，也許他們會突然提到在歐洲遇害的一個親戚，結果竟存活下來，設法來到了以色列土地，或者至少來到英國人在賽普勒斯建的難民營。

在收聽廣播時，房間裡一片寧靜，彷彿窗簾在黑暗的輕風中抖動。但關上收音機之後，大家都開始說話了。他們說個不停。發生了什麼，將要發生什麼，能夠做些什麼，可以做些什麼，應該做些什麼，我們還剩下哪些機會。他們說啊說，彷彿害怕如果突然出現片刻的寧靜，便會發生什麼可怕的事情。如果在談話和爭論的背後，隱含著某種冰冷而陰鬱的寧靜的話，他們會立即遏制這種寧靜。

大家都看報紙，看完一張後便相互交換，《話報》、《觀察者》、《守望者》、《國土報》，你傳給我，我傳給你。因為那時的白天比現在的白天長很多，每份報紙只有四頁，晚上他們會重讀早晨讀過的東西。他們一起站在西諾皮斯基兄弟的雜貨店前面的

⑮perfidious Albion。阿爾比恩（Albion）是對英格蘭及大不列顛的稱呼。

人行道上，比較《話報》上寫的關於我們的道義力量與《國土報》上說的耐性：也許字裡行間蘊含著什麼重要的東西，而在第一遍和第二遍的閱讀中沒讀出來？

除拉札魯斯先生之外，居住區中還有其他難民，他們來自波蘭、羅馬尼亞、德國、匈牙利和俄羅斯。多數居住者不叫難民，也不叫拓荒者或者公民，而是被叫作「有組織的共同體」。這個共同體處於一個中間地帶，位於拓荒者之下，難民之上；既反對英國人，又反對阿拉伯人，也反對激進分子。但是如何區分呢？拓荒者、難民和激進分子，幾乎所有的人在發 Resh 時使用喉音，在發 Lamed 時聲音流暢，只有東方猶太人發 Resh 時打嘟嚕，在發 Het 或 Ayin ⑯時聲音刺耳。父母希望我們這些孩子要成長為全新的猶太人，比父輩要強，成為身強體壯的鬥士，在土地上勞動，因此他們拚命用牛肝、雞肉和水果把我們填飽，以便有朝一日我們會挺身而出，帶著黝黑的體魄英勇無畏，不能再任敵人把我們像羔羊一樣宰割。有時他們會對來耶路撒冷之前曾經生活過的故鄉產生眷戀，用我們聽不懂的語言唱歌，他們會為我們大致翻譯一下，於是我們也知道了過去曾有過河流和草地、森林和田野、茅草屋頂和薄霧中的悠揚鐘聲。因為在耶路撒冷這個地方，廢棄的小塊土地在夏日下焦灼乾枯，建築都是由石頭和鐵皮蓋成，太陽炙烤著一切，好像這裡已經發生了戰爭。耀眼的日光從早到晚狂暴地折磨著自己。

偶爾，有人會說：「究竟會發生什麼？」有人回答：「希望會好起來。」不然就是：「我們無非是一如既往。」媽媽有時彎下腰，連續五到十分鐘看盒子裡的照片。我已經懂得，自己應裝作沒看見。她的父母和姐姐塔尼亞在烏克蘭被希特勒殺害，遇害的還有許多沒有及時來到這裡的猶太人。爸爸有一次說：

「真是不可理解。簡直難以置信。整個世界默不作聲。」

他自己有時也為他的父母和姐妹難過，但沒有眼淚：他會站上約莫半小時，姿勢有些彆扭，不太靈活，一副公正而固執的模樣，死死盯住掛在走廊牆上的地圖。如同司令部裡的將軍，目不轉睛，一言不發。他想的是我們必須趕走英國侵略者，在這裡建立一個希伯來國家，讓世界各地受迫害的猶太人返回此地。「這樣的國家，」他說，「顯然必須給全世界樹立一個正義的榜樣，甚至對那些想生活在我們之中的阿拉伯人也是如此。就是，不管阿拉伯人因聽信別人的煽動和挑撥對我們做了什麼，我們要以稱得上典範的寬容來對待他們，但絕對不是因為我們軟弱。當自由的希伯來王國終將建立

---

⑯此處 Resh、Lamed、Het 以及 Ayin 均為希伯來語字母的音譯。

之後，世上就沒有壞人膽敢謀殺或欺侮猶太人了。如果他膽敢這樣，我們則予以嚴懲，因為到那時，我們的軍隊可以指哪兒打哪兒。」

我上小學四、五年級時，用鉛筆仔仔細細地在繪圖紙上描摹出爸爸地圖冊裡的世界地圖，我描摹出定將出現的希伯來國家：位於沙漠和大海之間的一塊綠地。我在綠地上繪出一條橫亙大陸和海洋的長長臂膀，我在臂膀的一端，放了一個能夠抵達任何地方的拳頭；甚至可以抵達阿拉斯加，抵達比紐西蘭更遠的地方。

「可是我們做了什麼，」一次，我在吃晚飯的時候問，「讓大家都這麼恨我們？」

媽媽說：

「這是因為我們一貫站在正義的一邊。他們無法原諒我們竟連一隻飛蠅都不傷害。」

我想了想，但沒說話：其結果是，確實不值得一貫站在正義的一邊。

還有：這也可以用來解釋本．胡爾的態度。我也是站在正義的一邊，我也不傷害飛蠅。可從現在開始，我已經到了一個新的年齡段：黑豹年齡段。

爸爸說：

「這是個既痛苦又晦澀的問題。比如說，在波蘭，他們恨我們，是因為我們不同尋常，因為我們奇怪，因為我們說話、穿著和飲食習慣都和周圍的人不一樣。但是離波蘭幾百公里的德國，他們恨我們肯定出於不同的原因。在德國，我們說話、飲食、穿著和行為方式都和大家一模一樣。反猶者說：『你瞧，這些人怎麼混到我們裡頭來了？確實，已經分辨不出誰是猶太人，誰不是猶太人。』我們就這命：恨的理由會變，但恨本身永遠存在。結論是什麼？」

「我們盡量不要恨。」媽媽說。

可是爸爸──他眼鏡後面的那雙藍眼睛迅速地眨動著──說：「我們不能軟弱。軟弱是一種罪愆。」

「可是我們做了什麼？」我問，「為何惹得他們那麼生氣？」

「至於這個問題，」爸爸說，「你不該問我們，而是要問迫害我們的人。現在，請閣下把你的涼鞋從椅子下撿起來送回原處吧。不是這裡。也不是那裡。放回原處。」

夜晚，我們聽到遠方傳來槍炮聲：地下組織從祕密藏身地點出來，打擊英國統治的中心地帶。晚上七點，我們會掩上家門和百葉窗，把自己關在裡面，直到第二天早上。城市裡施行了夜間宵禁。夏日的清風吹過廢棄的街道、小巷和蜿蜒而上的石階。有時，野貓在黑暗中掀開垃圾箱蓋的聲音便會讓我們驚起。耶路撒冷站在那裡等待。在我們家裡，幾乎整個夜晚都寂然無聲。爸爸背對我們坐在那裡，和我們分開，置身於他寫字檯燈的光環裡，鑽研他的書籍和索引卡片。他的墨水筆在靜靜地寫著什麼，停頓、猶豫，接著又寫了起來，彷彿正在挖掘一條隧道。爸爸正在檢查、比較，也許在為自己有關波蘭猶太人歷史的巨著所搜集的資料確定某些細節。媽媽會坐在房間的另一邊，坐在她自己的搖椅裡看書，不然就是把敞開的書倒扣在雙腿上，全神貫注地傾聽某種我聽不到的聲音。我在她腳邊的地毯上，看完報紙，開始草擬地下組織閃電式襲擊耶路撒冷的政府要害部門的方案。我連做夢都會夢見打敗敵人。我從那個夏天起，一連幾年夢見戰爭。

「霍姆」組織那年夏天只有三個成員：本．胡爾，既是司令官，又主管內部安全與審訊特別分部；我是副司令；奇塔．萊茲尼克是普通兵，等組織擴大時會非常有望得到提升。除了副司令一職，我還被視為軍師：是我在暑假開始就建立了這個組織，並為之命名「霍姆」（希伯來語「自由還是死亡」的縮寫）。是我出主意收集釘子，把釘子弄彎，撒在靠近英國軍營的路上，好扎英國人的輪胎。奇塔接受命令用大寫的粗黑字母寫在鄰里住宅上的標語，是我編的，比如「英國鬼子你不對，回你們自己的老家去！」、「用鮮血和汗水打敗侵略者！」，以及「背信棄義的阿爾比恩，滾出我們的大門！」（我是從爸爸那裡學到了「背信棄義的阿爾比恩」這一句慣用語。）我們計畫在夏天造完我們的祕密火箭。在谷地旁邊一間廢棄的棚屋裡，在奇塔家的院子後面，放有我們從舊冰箱裡拆下的電動馬達、摩托車上的一些零件、幾十米長的電線，還有保險絲、電池、電燈泡、六瓶指甲油。我們打算從指甲油中提煉丙酮，製造炸藥。等夏天快過完時，火箭便會完工，瞄準英國喬治王住的白金漢宮的正面，然後我們給他發一封義正詞嚴的信：「你們必須在今年的猶太人贖罪日到來之前離開我們的國家，不然，我們的審判日就會變成你們的審判日。」

如果我們只用兩、三個星期，就造完我們的火箭，英國人會怎麼給我們回信？也許他們會有自知之明，從我們的土地上撤走，省得我們彼此之間出現那麼多流血與痛苦。這一切都難以知曉。可是夏天才過一半，我和鄧洛普士官的祕密交往就被曝光了。我希望這祕密永遠延續下去，永遠不被人發現。因為它被曝光，就出現了牆上的字跡，命令我那天晚上去特里阿扎森林旁邊，因叛徒罪而接受軍事法庭的審判。

我事先就知道，審判不審判沒什麼兩樣。任何解釋或藉口都幫不了我。古往今來，不管什麼地方的地下活動，想要叫誰叛徒，誰就是叛徒，就是這麼回事。為自己辯護是沒有意義的。

5

本．胡爾這個傢伙有幾分狐相，尖嘴猴腮，黃頭髮，瘦骨嶙峋，眼睛接近土黃色。我不喜歡他。實際上我們連朋友都不是；只是有些其他關聯，有些比較近似友誼的東西存在。如果本．胡爾命令我說，把死海裡的水一桶接一桶地搬到加利利，我會完全照辦，為的是我在做完之後可能有機會聽見他懶洋洋地拖著長腔，從嘴角裡說出幾個字：「幹得好，普羅菲。」本．胡爾說這話時，就如同有人拿石子丟街燈，他的牙齒幾乎合攏，好像不費力氣。有時，他在發「普羅菲」的第一個字時，還會帶著一點蔑視故意說成：「破羅菲」。

本．胡爾的姐姐雅德娜會吹豎笛。有一次，她擦乾淨我膝蓋的傷口，幫我纏上繃帶，當我正後悔另一個膝蓋沒有受傷，跟她道謝時，她竟爆出一陣銀鈴般的笑聲，轉身朝著不在場的觀眾說：「瞧，一個沉著、冷靜的孩子。」我不明白雅德娜叫我沉著、冷靜的孩子是什麼意思，但同時我已經知道有朝一日我會明白，而且等我明白時，才會發現自己始終是明白的。這是一件複雜的事情，我必須找一種較為簡單的方式加以解釋。也許這樣：我具有某種虛幻的知識，這種知識有時會在擁有真正的知識之前便已經存在。這一點很明確，由於這種虛幻的知識，我那天晚上在樓頂上偶然看見她換衣服時，便感覺到自己是個卑鄙的叛徒，我幾乎沒有看見的東西經常在我的腦海裡重現。一遍又一遍地重現，我幾乎看不到。每當發生這種情形，我就會感到一陣戰慄，如同聽到粉筆在黑板上發出吱吱聲響，又或者像嘴裡含著酸湯時的感受——叛徒在背叛的瞬間或其後很短的時間裡，嘴裡便是這種感受。我為此感到難堪。我想寫封信給她，解釋說我並未打算偷看她，請求她的原諒，但我怎麼能做到呢？尤其是因為從那時開始，每當我回到樓頂，我無法不想窗口就在那個地方，也無法不想我不應該朝對面那個方向看，即便出於偶然，即便違背自己的意願，即便我在掃視從奈比薩姆維爾到守望山間的天際線時無須看向那個地方。

奇塔．萊茲尼克加入到我和本．胡爾的組織中。奇塔有兩個爸爸（第一個永遠在旅行，第二個在第一個回來幾小時之前就從家裡消失了。我們都開奇塔玩笑，叫他「旋轉門」或諸如此類的東西。奇塔也一起開玩笑，笑他媽媽和兩個爸爸，還會在我們面前裝瘋賣傻，模仿猴子的動作，扮鬼臉，學黑猩猩的叫聲，但那聲音不知怎麼的，比較像在哭泣）。奇塔．萊茲尼克是個做苦工的孩子。球從籬笆滾向窪地，總是由他去撿。我們向「西藏」進軍去抓雪人時，總是由他來背一包包的糧餉。火柴、彈簧、鞋帶、螺絲錐、美工刀，不管你要什麼，不管別人需要什麼，他都可以從口袋裡掏出來。在地毯上的坦克大戰即將結束時，也總是由奇塔收拾起多米諾骨牌和棋子，把它們放到盒子裡。

差不多每天上午在我父母上班之後，我們都舉行這樣的坦克大戰。我們會大規模的演習，為的是有朝一日英國人離開後，我們得抵禦阿拉伯聯軍的進攻。爸爸有滿滿一書架的軍事歷史書。在這些書和走廊裡那張大地圖的幫助下，我們在地毯上再次展現了敦克爾克、史達林格勒、阿拉曼、庫斯克以及阿登高地⑰的激戰，為即將發生在這裡的戰爭積累重要的經驗。

上午八點，爸爸媽媽剛一出門，我就迅速把廚房收拾乾淨，關上窗戶和百葉窗，使屋子裡保持涼爽，嚴防洩密，再把各種小東西放到地毯上即將打響決定性戰役的初

⑰敦克爾克、史達林格勒、阿拉曼、庫斯克、阿登高地均為第二次世界大戰重要戰役的發生地。

始位置上。我使用釦子、火柴棒、多米諾骨牌、跳棋棋子、象棋棋子、別針，還有旗子、彩帶，來標明邊界和戰線。我讓各方力量的所有戰鬥部隊整裝待發。我等待著。快九點時，本．胡爾和奇塔會敲門，前兩聲迅速而有力，而後停頓，再來是輕輕一下。我透過貓眼認出了他們，彼此交換密碼。奇塔從外面問：「自由？」我在裡面回答：「還是死亡。」

有時在打仗過程中，本．胡爾會宣布休息，領導我們襲擊廚房裡的冰箱。我喜歡那些上午，尤其喜歡那些少見的瞬間，那時本．胡爾會噘起嘴唇說：「幹得好，普羅菲。」

我並不知道，這些話，只有你對自己說，開誠布公地說，才會有意義。

假期過了四分之一，我們基本上已經推斷出隆美爾、朱可夫、蒙哥馬利和喬治．巴頓⑱錯在何處了，等那一刻來臨時我們要怎樣才能避免犯同樣的錯誤。我們會把關於巴勒斯坦及其周邊地區的大地圖從牆上摘下來，放到地毯上；我們進行趕走英國人、抗擊阿拉伯聯軍的演習。本．胡爾是總司令，我是軍師。順便說一句，即便現在在我寫下這個故事時，我家裡的牆上也有一張大地圖。有時我會站在這張地圖前，戴上眼鏡（與父親的圓框眼鏡不同），根據收音機裡或報紙上的描述，追尋波士尼亞或亞塞拜然的戰事。世界上總有什麼地方在發生戰爭。有時我根據地圖猜測其中一方犯了錯誤，沒有抓住從側翼進行包抄的機會。

夏天過了一半，我用「驅逐艦」、「潛水艇」、「巡防艦」和「航空母艦」為「希伯來艦隊」制訂計畫。我計畫看看是否有機會對地中海沿岸——塞德港、法馬古斯塔、馬爾他、馬特魯、直布羅陀的英國軍事基地發動閃電式襲擊。只是不在這裡，不在海法，因為他們顯然在這裡期待著什麼。在地中海海灣還有沒有英國的其他基地？我計畫下次和鄧洛普士官在東宮咖啡館見面時把這個問題提出來。我可以用某種天真的好奇，即一個對地理感興趣的孩子的方式來提問。但轉念一想，我便放棄了提問的想法，因為怕這樣的問題會引起疑惑，那樣會給突襲造成危險，而我們的計畫要想取得成功，突襲顯然十分重要。

最好問問爸爸。

⑱ 隆美爾是二戰中德國最著名的將領；朱可夫，前蘇聯元帥，因其在蘇德戰爭中卓越的功勳，被認為是二戰中最優秀的將領之一；蒙哥馬利，英國陸軍元帥，二戰中傑出的指揮官之一；喬治·巴頓，二戰中著名的美國軍事元帥。

但實際上不需要問任何人。我自己就可以查明。我可以把在百科全書上獲取的知識與從地圖冊裡的地圖上獲取的知識聯繫起來。這種聯繫有時可以產生一種有價值的祕密資訊（直至今日我依然對此深信不疑。有時我會問別人此類天真的問題，比如，「你最喜歡什麼樣的風景？」在接下來的談話中，過了約莫半個小時，我又偶然問起他或她長大了要做些什麼。我在腦海裡比較這兩種答案，就會懂了）。

這樣的襲擊戰從來沒發生過，也永遠不會發生。代替它的則是指控我叛變，向敵人出賣情報，要接受軍事法庭的審判。

我暗自思索：「你甚至可以把羅賓漢叫作叛徒。然而，只有小人才會關注羅賓漢的叛徒特徵。不過它確實存在。是事實。」

但是究竟什麼才是叛變？

我坐在爸爸的椅子上。我扭開檯燈，從一堆卡片中拿起一張長方形的卡片，在上面寫下了這樣的話：「查閱『叛徒』（boged）一詞和『衣服』（beged），又見『披著羊皮的狼』一詞有什麼聯繫。」叛徒把事情掩蓋起來，如同衣服把人遮住一樣。衣服總是在你毫無準備之時被撕下。而且，如果你穿上暖和的衣服，就會有熱浪來襲。要是你穿得少，突然就會天寒地凍（然而這裡的叛變取決於天氣，而不是取決於衣服）。在跟澤魯巴比爾・吉鴻先生上聖經課時，我們學到了《約伯記》中的話：「我的兄弟詭詐像乾涸的溪流。」⑲並非媽媽在苦苦思戀中講到的烏克蘭那平靜的河水，而是以色列這裡的河水：不忠的河水。在盛夏，當你饑渴難耐時，它們給你的是滾燙的石塊，而不是水；而冬天，當你沿河床行走時，突然洪水氾濫。先知耶利米悲悼說道：「以色列家和猶大家，待我實在太奸詐了，這是耶和華的宣告。」⑳耶利米也被稱為叛徒，他們審判他，說他不忠，把他扔到坑裡。

然而，關於「卑鄙」一詞，我在另外一張卡片上寫下：「卑鄙」意為低劣。低可以指情緒低落、憂鬱、沮喪。它與低下有關，意思是可憐的，或者謙卑的。或者卑鄙的（低劣的）。卑鄙是否為驕傲和傲慢的反義詞？本・胡爾・提科辛斯基是傲慢的，也是卑鄙的（我呢？我沒有勇氣給雅德娜寫信，請她原諒自己偷看她）。我必須問問鄧洛普士官用英語怎麼說「卑鄙的叛徒」，英語中「叛徒」和「衣服」、「低劣」和「謙卑」

---

⑲語出《舊約・約伯記》6：15。

⑳語出《舊約・耶利米書》5：11。前半句和合本譯為：「原來以色列家和猶大家大行詭詐攻擊我。」

之間是否有聯繫？

我還可以再見到他嗎？

問自己這個問題，令我有些想他。當然，我一刻也沒有忘記他屬於敵對的那一方。他是敵方的人，但他不是我的敵人。他是我的人。

現在我再也不能拖延了。我必須談談鄧洛普士官，談談我們的關係，即使這對我來說絕非易事。

6

我們每星期在東宮咖啡館的後屋見三、四次面。說是東宮，實際上是一座衰敗失修、幾乎被密密麻麻的西番蓮花遮掩起來的鐵皮屋，坐落在軍營西面的一條小巷裡。它的前屋放著一張桌面鋪著綠色粗呢的撞球桌，球桌周圍總聚集著一夥汗流浹背的英國士兵、員警，一些穿整潔襯衫、繫領帶的耶路撒冷年輕人，手上戴著金戒指且頭髮油光發亮的猶太人、阿拉伯人、希臘人、亞美尼亞人，以及兩三個散發著撲鼻香氣的女孩。我從未在這間前屋逗留。我提醒自己，我來這裡是執行任務的。我從不偷看酒吧女那邊。凡是和她說話的人都想逗她笑，幾乎人人都達到了目的。她慣於身體前傾，每每把泛著泡沫的啤酒杯推向櫃檯前時，像是在鞠躬，這時，一道深深的凹痕就從洋裝領口處露了出來，有些人可能覺得難以不看，但我從來目不斜視。

我連忙穿過這間煙霧騰騰、笑聲不斷的前屋，走進後屋，那裡比較安靜，只有四、五張桌子，上面鋪著印有花朵或希臘遺跡圖案的桌布。那個地方有時會有坐著玩雙陸棋的年輕人，有時會有一兩對坐得很近的男女，但是與外面房間不同的是，這裡的人說話聲音很低。我和鄧洛普士官通常在角落的一張桌旁坐一個小時，或者一個半小時，面前攤開幾本書：一本希伯來語聖經、一本袖珍字典、一本初級英語課本。而今，四十五年過去了，英國人已經不再是敵人，希伯來國家已經建立，本．胡爾．提科辛斯基現在成了本尼．塔金先生，擁有連鎖酒店；奇塔．萊茲尼克先生則靠維修太陽能熱水器謀生；而我，依然在尋覓詞語，使之適得其所——我現在寫下：我沒有向史帝芬．鄧洛普先生出賣過任何祕密。連一個小祕密也沒有出賣過。我甚至連名字都沒有告訴他。直至最後。我所做的只是和他一起讀希伯來語聖經，教他幾個聖經中並不存在的現代詞語。他和我作為交換的是，教我學習基礎英語。他很令人費解——用他自己的話說，就是一個孤獨的人。他身材高大壯碩，臉頰紅潤，像塊海綿，有點喜歡說長道短，經常臉紅；短褲下的雙腿顯得粗壯豐滿，一根腿毛也沒有，只有幾條細小的紋線，就如同你在尚未學走路的嬰兒腿上看到的紋線。

鄧洛普士官曾在故鄉坎特伯雷跟當牧師的叔叔學了些希伯來語（他哥哥傑瑞米．鄧洛普也在教會任職，此時在馬來西亞當傳教士）。他的希伯來語講得很柔軟，就像軟骨，幾乎沒有骨骼一樣。他說，他沒有朋友（但接著主動補充說道：「既沒有仇人也沒有敵人。」可是我又沒有問他)。他在耶路撒冷警察局當會計，是領薪職員。偶爾遇到緊急情況，他會被派去給哪個政府部門站半夜的崗，不然就是在某個路口查驗身分證。這些詳情一經他的嘴說出來，便被我深深記在腦海裡了。晚上在家裡，我把這些都記在一本本子上，為「霍姆」組織司令部多儲備一些資訊。鄧洛普士官對朋友和上司的花邊新聞津津樂道：誰吝嗇，誰是花花公子，誰是馬屁精，誰最近換了刮鬍水，刑事調查部門的頭目不得不使用去頭皮屑洗髮精。這些細節令他咯咯直笑，也使他有些不好意思，但是他又欲罷不能。他還說到，士官長本特利給派克上校的祕書買了銀手鐲；諾蘭女士請了新廚子；每當伯爾德上尉進門，舍伍德夫人就會嫌惡地離開房間。

我彬彬有禮地發出嘖嘖之聲，把一切鐫刻在腦海裡。我的心在偷偷摸摸地移動，打著赤腳，踮著腳尖，乞丐置身於公爵與公爵夫人當中，瞪大驚愕的雙眼，透過天花板高懸、門牆鑲飾著桃木、在枝形吊燈的照射下燈火通明的房間，觀看伯爾德上尉高傲地走進房間，美麗的舍伍德夫人立即轉身，驟然離去。

鄧洛普士官除先知語言外，還懂拉丁語，也懂點希臘語，並且抽空自學文學阿拉伯語（「挪亞的三個兒子——閃、含和雅弗——在我心中並存，就像部族尚未劃分時那樣」）。他在說「閃」這個名字時，就像說英語的「火腿」㉑，吞掉了希伯來語的喉音。他注意到我在強迫自己不笑出來，說：「我也只能講到這個程度嘍。」我不禁向他坦言，我爸爸也懂拉丁語和希臘語，還有別的語言。然後，我為自己感到懊悔，羞愧難當，因為無論何時，我們之間即便連這麼單純的資訊也不可以交換，因為不可能知道他們會如何利用這資訊。畢竟，英國人可以把公開得來的一個資訊與另一個資訊拼在一起，得出一個祕密，並利用它給我們帶來不利。

現在，我得解釋一下我和鄧洛普士官是怎麼認識的。我們見面時就像敵人。追捕者與被追捕者。員警和地下戰士。

7

暑期剛開始的一個傍晚，我獨自出行查看能否在桑赫德里亞後面的山洞裡找到藏身之處。我在其中一處山洞裡發現了一個險些被石塊與塵土遮蔽起來的小室。經初步勘查，我發現裡面有四箱子彈，我決定有責任做進一步的搜查。天漸漸黑了，一股涼意從山洞深處朝我襲來，就像手指觸摸到了死屍。我走了出來。夜幕已經降臨。宵禁了，街上空蕩蕩的。我的心在胸膛裡驚悸地跳動，彷彿要努力在它的身後鑿出一片狹小的空間，以便藏身。

我決定悄悄從後院溜回家裡。自從開春時節，「霍姆」組織就設計出一張院院相連的網絡。根據從本・胡爾傳給我、經一番改進後又傳給奇塔的指示，奇塔已經設計出木板、石頭、柳條箱和繩索的路線，把戰略要地連接起來。這樣，我們就可以穿過籬

㉑在希伯來語中，「閃」的發音為 Ham。

笆和矮牆，從後院和花園的迷宮中衝出，或者撤退。

突然，近處傳來一聲槍響。真正的槍聲：尖利、兇狠、恐怖的聲響。

我的上衣緊緊黏在皮膚上。頭上、脖子上的血液在不停地湧動。我氣喘噓噓，驚恐不定，開始像猴子一樣，爬啊，翻滾啊，跳啊，穿過灌木，擦傷了膝蓋，肩膀撞到了石牆上，在經過鐵絲網時抓起褲邊，但沒抓牢：我像蜥蜴斷尾奮力逃脫，卻把衣服碎片和些許皮肉留給了鐵絲網。

我來到郵局後門的台階上，郵局黑壓壓的後窗上裝有防護欄。我剛想悄悄斜穿過澤弗奈亞（Zephaniah）大街，一道耀眼的手電筒光直刺我的眼睛，與此同時，我的後背上湧起某種冰冷、柔軟而濕黏黏的東西，它先觸到了我的後背，又沿脊柱湧上頭髮，如同接觸到青蛙一樣。我僵立在那裡，就像兔子處在幾乎遭獵人器具襲擊的剎那。結果，抓住我頭髮的那隻手並不強健，而是寬大的、柔軟的，像隻水母。這刺眼的強光後面響起了這樣的聲音，並非英國人通常發出的那種狼嚎，而是像吃粥一樣流暢的一個音：「停！」隨即，用老師們說的希伯來語，但帶有圓潤的英語口音說：「如此急行去往哪裡？」

那是一位笨拙、有些虛弱的英國員警。刻有他身分號碼的金屬徽章在雙肩上閃閃發亮。他帽子歪戴著。我們都氣喘噓噓，臉上汗水淋漓。他的土黃色短褲垂到了膝蓋，土黃色的長襪也拉到了膝蓋。介於土黃色短褲和土黃色襪子之間的膝蓋，正在黑暗中一閃一閃的，顯得豐滿而柔和。

「先生，請你，」我用敵人的語言說話，「先生，請你幫幫忙，放我回家吧。」

他還是用希伯來語回答我。然而，不是我們的希伯來語。他說：

「勿使少年在黑暗中迷途。」

接著，他說要把我送到家門口，我得替他指路。

我實際上不該那麼做，因為我們有規定，不要服從他們的命令，以便阻止其推行強制統治。然而我有別的選擇嗎？他把手放在我的肩膀上。在那個晚上之前，我的手從沒碰過英國人，英國人的手也沒碰過我。我經常看見報紙上寫英國人的手。比如：「不插手倖存者的事。」要不就是：「砍掉阻止最後希望的惡手！」還有：「詛咒握過壓迫者之手的手。」

這裡敵人的手就放在我的肩膀上，它就像棉花一樣，並不邪惡。我感到恥辱，好像正在被女孩觸摸（那時的我抱持這樣的觀點：要是女孩觸摸男孩，就是在羞辱男孩。相反地，男孩觸摸女孩，在我看來，則是英雄壯舉，也許只能出現在夢中，或者出現在電影中。如果在夢中出現，最好忘記）。我想告訴英國人把放在我脖子上的手拿開，然而我不知道怎麼說。我並不完全確定自己是否願意這樣，因為街上空蕩蕩的，有些邪惡，而住宅區也是黑漆漆的，百葉窗關得緊緊的，如同沉船。胖嘟嘟的英國員警用手電筒照著路，我感覺面前人行道上的光束在保護我們抵禦潛伏在空蕩蕩城市裡的邪惡。他說：

「我是史帝芬．鄧洛普先生。是個英國人，會為先知的語言傾家蕩產，其心為選民著迷。」

「坦克油㉒，好心的先生。」我說，就像在英文課上所學到的那樣。我為自己感到恥辱。我高興的是並沒有人知情。我為自己感到恥辱的另一個原因則是，在發英文「謝謝你」的第一個音時，舌尖應該放在牙齒中間，這樣才會發出介於t和s之間的特別音。讓我感到恥辱的是，我竟說成「坦克」，而不是說正確的thank。

「我家住在坎特伯雷市，我心繫聖城耶路撒冷。我在耶路撒冷的日子很快就要結束了，我將起程回自己的家鄉，如同我來時一樣。」

這時我發現，我違背自己的主張，違背自己的紀律，違背自己的良好判斷，突然被他吸引了（這個即使違抗國王命令也站在我們這一邊的英國員警，會被當作叛徒嗎？）。我曾創作過三首詩，描寫大衛王時代的英雄，只給雅德娜一個人看過，我也選用了典雅的語言。實際上他很幸運，我是說那個士官，那天夜裡他在街上抓的是我，而不是本．胡爾或者奇塔，因為他們會取笑他那浮誇的希伯來語。然而，我內心中輕輕響起一個嚴肅的聲音：你最好留心觀察，別輕易上當。正如我們從澤魯巴比爾．吉鴻先生那裡所聽到的：「他們神氣活現，說些難以忍受的事情，因為他們心裡有七種令人厭惡的東西。」、「充滿狡詐與欺騙。」（「狡詐」的真正含義是什麼？），還有「他們雙手沾滿了鮮血。」當然，還有爸爸一成不變的說法，即他用英文為地下武裝寫的標語：背信棄義的阿爾比恩。

寫這些讓我感到恥辱，然而我要將其寫下：我可以輕而易舉地逃之夭夭。我可以從他手中溜走，溜到院子裡。這個員警很笨，漫不經心，他有點讓我想起我的老師吉鴻先生：令人費解但心地很好。就連走澤弗奈亞大街的緩坡，他也會氣喘噓噓，上氣不接下氣（後來我發現他患有哮喘）。其實，我大可以逃跑，如果我真是地下室的黑豹，就絕對能輕而易舉地奪走他的手槍。那手槍並沒有掛在臀上，在它應該在的位

㉒主角在說英語 Thank you（謝謝）時發音不準。

置，而是滑到了屁股後面，來回搖擺。士官每邁出一步，手槍就輕輕地拍他一下，就像一扇沒關好的門。事實上，奪槍而逃是義不容辭的責任；不然就是把槍奪下，瞄準他的腦門（雙眼中央，我想他也是近視眼），用英語大吼一聲：「把手舉起來！」不然最好說：「不許動！」（賈利．古柏、克拉克．蓋博和亨弗萊．鮑嘉㉓，他們當中的任何一人都會單槍匹馬戰勝五十個如此軟綿綿的敵人。）但是，我沒有征服他，為我們民族贏得一把寶貴的手槍。我承認，我忽然覺得有些遺憾，再走沒多遠就到家了。與此同時，我覺得那種感受讓人蒙羞，我應該為此感到恥辱。我也確實感到恥辱。

士官用他那軟綿綿的聲音說：

「《撒母耳記》中寫道：『年輕就是年輕。』不要懼怕邪惡。我是個熱愛以色列的陌生人。」

我權衡他的話，覺得自己有責任簡要地告訴他真實情況，既以個人的名義，也以民族的名義。我是用英語說的：

「先生請別生我的氣。在你們退出我們的領土之前，我們是『敵倫』㉔。」

要是因為我講了這些勇敢的話，他們把我抓起來怎麼辦？沒關係，我想。監獄、絞刑架和恐嚇，都嚇不倒我。我的腦海裡閃現出在總司令部集會上，從本．胡爾．提科辛斯基那裡學來的規則：對付嚴刑逼供的四種途徑。

在黑暗中，我感覺到鄧洛普士官在對著我微笑，如同一條笨拙、好脾氣的狗對著我說情話：

「很快地，耶路撒冷的所有居民便會得到安寧。它的境內一片和平，它的宮內繁榮昌盛。不會有敵人和可怕之事降臨這座城池。年輕人，在英語中，我們都說enemies而不說enimies。你願意我們繼續見面，互相學習語言嗎？年輕人，你叫什麼名字？」

我冷靜而敏銳地迅速從各個角度來思考整個形勢。我從爸爸那裡得知，一個聰明人面臨考驗的時候，應該全方位地查明他所掌控的所有資訊，理性區分哪個具有可能性，哪個具有必要性，始終冷靜地掂量面前的各種途徑——只有這樣，才能把危害降到最小（爸爸不但經常使用「肯定的」、「無疑的」，而且經常使用「合理的」和「真正的」）。在那一刻，我想起非法移民被送上岸的夜晚。地下組織的英雄們從停泊的船上

㉓賈利．古柏（Gary Cooper）、克拉克．蓋博（Clark Gable）和亨弗萊．鮑嘉（Humphrey Bogart）都是好萊塢著名男演員，都曾出演硬漢形象。

㉔主角其實是要講「敵人」。其英文複數是enemies，但主角發不準，發成了enimies。

把倖存者背起。整個英國部隊將其包圍在岸邊。地下組織的英雄們銷毀身分證明，與移民們混跡在一起，這樣英國人便無法分辨誰是當地居民，誰是該被驅逐的非法移民。英國人把大家都關在帶刺的鐵絲網內，一個個拷問姓名、地址、職業。無論移民還是居住在這裡的戰士，面對拷問時只會驕傲地回答：「我是以色列土地上的猶太人。」

在那一瞬間，我也下定決心，不把姓名告訴他們。即便他們嚴刑拷打。然而，出於戰術上的考慮，我在那個緊要關頭，裝作沒聽懂他的問話。士官和藹地說：

「要是你願意，我們可以經常在東宮咖啡館見面。那是我休閒的地方。我跟你學希伯來語，回報就是：我教你英語。我是史帝芬．鄧洛普先生。你呢，年輕人？」

「我叫普羅菲。」我勇敢地加了一句，「以色列土地上的猶太人。」

我擔心什麼？普羅菲只是個暱稱。記得在奧莉維亞．德．哈威蘭㉕和亨弗萊．鮑嘉主演的電影《晴天霹靂》（*Lightning Bolt*）中，亨弗萊．鮑嘉被敵人俘虜了。他身負重傷，鬍鬚蓬亂，衣服被撕破了，嘴角掛著血絲。面對審訊者，他露出淡淡的微笑，那微笑既文雅又有幾分嘲弄。他那冷峻的姿態流露出些微蔑視，讓抓他的人覺察不到。

鄧洛普可能不會理解我為什麼會說「以色列土地上的猶太人」，而不把我的名字告訴他。可他沒有抗議。他柔軟的手一度從我的後背移到脖頸，輕輕拍了我兩下，又放回到我的肩膀上。我爸爸也有少數幾次把手放在我的肩膀上，他這樣做的目的是說：再想想，用理性來掂量掂量，真的要請你改變一下想法。可是，鄧洛普士官的手多多少少在對我說：在這樣一個黑暗的夜晚，兩個人最好在一起，即便他們是敵人。

爸爸通常這樣形容英國人：「那些妄自尊大、蠻橫無理的人，那副作為就像他們擁有整個世界。」我媽媽曾經說：「他們不過是一心想著啤酒的年輕人，戀家，渴慕女人，盼著放假。」（我知道自己不懂「渴慕女人」是什麼意思。我沒有找到任何可以寬恕他們的理由。相反地，當然也沒有寬恕女人的理由。）

我們在澤弗奈亞大街和艾默思大街交界處的街燈下停下來，讓員警喘口氣。他站在那裡，用帽子搧著汗濕的面頰。突然，他把帽子放到我頭上，咯咯一笑，又把帽子放回自己的頭頂。有那麼一刻，他的樣子像個充得鼓脹的橡皮娃娃。「蠻橫無理」一詞並不適合他。因為他既不蠻橫，也不無理。然而，我沒有忘記，我必須認為他蠻橫無理。

㉕奧莉維亞・德・哈威蘭（Olivia de Havilland, 1916-）並沒演過此片。此處為作者刻意虛構。

他說：

「我有點氣喘不過。」

我立刻抓住機會，回報他剛才為我矯正英語。我說：

「先生，在希伯來語中，我們不說『氣喘不過』，我們說『喘不過氣』。」

他把手從我肩膀上拿開，掏出一塊花格手帕，擦去前額上的汗水。對我來說那是逃跑的最佳時機，或者是奪槍的最佳時機。我為什麼像個假人一樣，站在澤弗奈亞大街和艾默思大街的拐角，等著他，好像他是個健忘的大叔，要我來陪伴，免得他忘記去往哪裡？在那一刻，當士官「有些氣喘不過」時，我為什麼會有一種衝動，要跑去給他拿杯水？如果叛變的標誌是感到酸，或者說牙齒發酸，就像你嚼檸檬皮或肥皂，或粉筆在黑板上吱吱作響的感覺，那麼在那個瞬間，我已經有點叛變了。不過我並不否認，也有某種竊喜。而今，當我寫下這個故事時，已經過去了四十五年多，希伯來國家已經存在，不斷打敗其敵人，但我依然強烈期望能略過那個瞬間。

另一方面，我也深情地回顧它。

我已經在這裡以及別的地方寫下，一切東西均有其兩面（陰影除外）。我愕然發現，在那個奇怪的瞬間，我們周圍黑沉沉的，只有小片孤零零的微光在員警的手電筒下抖動，還有可怕的虛空，以及許多不安定的陰影。但是鄧洛普士官和我不是陰影。我沒有逃走也不是陰影；我只是沒有逃走，只是沒有奪槍。在那一刻，一個決定形成了，它猶如鐘聲從我心中響起。

確實。

一定。

就這麼定了。

我要接受他的建議。

我要在東宮和他見面，而後，以交換英文和希伯來文課為幌子，我會巧妙地從他那裡攫取極其重要的機密資訊，得知敵兵部署和實行強制統治的方案。這樣做，會比逃走，甚至比奪一把手槍重要一千倍。從現在開始，我是一名間諜。一個內奸。一個裝成對英語感興趣的小特工。從現在開始我要布棋了。

8

爸爸站在門口，說著他慢吞吞的英語，像說俄語那樣打著嘟嚕，聽著就像溜冰鞋吱吱嘎嘎劃過粗糙的人行道。

「謝謝您，長官，把我們迷途的羔羊帶了回來。我們開始著急了。尤其是我太太。我們十分感激。」

「爸爸，」我輕聲說，「他人不錯。他喜歡猶太人。為他倒杯水吧。留心觀察，他會希伯來語。」

爸爸可能沒聽見，也可能聽見了，但他決定不予理會，只是說：

「至於小淘氣，別著急，先生，我們來處理他。再次謝謝您。再見。不然就說沙洛姆，平安。我們猶太人數千年來一直習慣這麼說，仍然是這個意思，儘管我們經歷了一切。」

鄧洛普士官用英語回答，但中途又換成了希伯來語：

「年輕人和我路上聊了一會。他是個聰明、可愛的孩子。請別太為難他。承蒙你允許，我也使用希伯來語詞彙：沙洛姆。平安！平安！無論遠近的人，我要賜他們平安。㉖」突然他朝我伸出肥嘟嘟的手，我的肩膀已經習慣那隻手，甚至仍在期望它的觸摸。他朝我眨眨眼睛，輕聲說：

「東宮。明天六點。」

我回了一句：「再見。謝謝。」但同時在心裡譴責自己：「無恥，說希臘語的猶太人㉗、走狗、膽小鬼、馬屁精，你究竟為什麼向他說謝謝？」突然一股自尊的浪潮，猶如爸爸為使我終身滴酒不沾而讓我輕抿的白蘭地，衝擊著我。我所學到的關於猶太人世世代代飽嘗的所有蹂躪，還有高傲凜然的俘虜亨弗萊．鮑嘉，都卡在我的喉嚨裡，我使勁地把握緊的拳頭伸進口袋深處。我讓敵人的手驚愕地懸在半空，直至他放棄此念頭，把握手轉換成無力的招手。他微微點點頭，走了。我的自尊絲毫無損。但嘴裡為什麼再次感覺到背叛的味道，好像我一直在嚼肥皂？

9

爸爸關上門，仍然站在走廊裡，他對媽媽說：

「請不要干預此事。」

他輕輕地問我：

「你有什麼可說的嗎？」

「我晚了。抱歉。宵禁開始了。這個員警抓到我時，我已經在回家的路上了。」

「你晚了，為什麼會晚？」

「我晚了。抱歉。」

「我也一樣，」爸爸傷心地說，又加了一句，「是啊，我也抱歉。」

㉖語出《舊約．以賽亞書》57：19。

㉗指忘本的猶太人。

媽媽說：

「海法出了件事。一個像你這麼大的孩子在宵禁時沒回家。英國人抓住了他，指控他在貼傳單，判定打他十五下。是用鞭子抽的。兩天以後，他父母在一家阿拉伯人開的醫院裡找到了他。他的後背，那慘狀我就不想形容了——」

爸爸對她說：

「請妳讓我把話說完。」

他對我說：

「當然。請記住，你除了上廁所不許離開這個房間，直至週末。因此你將一個人吃晚飯。那樣，你就會有充裕的時間真誠地反思已經發生的事，以及可能發生的事。此外，閣下你要經歷經濟危機了，因為你的零用錢要凍結到九月一號才發放。還有，買魚缸，以及去塔拉皮尤特的事情肯定不可能了。等等，我們還沒說完呢。本週的熄燈時間從十點十五分提前到九點鐘了。閣下你肯定知道這之間的關聯吧，這樣你就可以在黑暗中反思自己的行為了。一個有理性的人在黑暗中做自我思考，比開燈時思考要徹底多了，這是不變的道理。就這些。請閣下你現在就回自己的房間吧。當然。不許吃晚飯。我再次請求妳，不要干預此事。這是我和他的事。」

10

我被解除房間禁閉後，建議本・胡爾在特里阿扎森林我們的藏身之處召開「霍姆」司令部成員會議。我彙報說，自己找到了重要的情報來源，要求批准我執行進一步的刺探任務，但沒說詳情。奇塔・萊茲尼克說：

「啊哈！」

本・胡爾土黃色的眼睛狡猾地瞪了奇塔一眼，既沒說行，也沒說不行，看都沒看我一眼。最後，他對著手指甲宣布道：

「總指揮任何時候都要知道情況。」

我把這些話當成執行任務的特許。我說：

「一定。一有情況，立刻匯報。」我指出，即使在《地下室的黑豹》裡泰龍・鮑華㉘

㉘泰龍・鮑華（Tyrone Power, 1914-1958），美國知名演員。

也可以自由地消失在雲霧中，出於特殊考慮，裝作放棄自己的身分。奇塔說：

「對啊。他變成走私鑽石的人，後來又當了馬戲團的老闆。」

「馬戲團，」本．胡爾說，「正適合普羅菲。可地下室的黑豹，我不太確定。」

我從未想到自己會被人盯梢，更未想到內部安全小隊那天會採取行動：本．胡爾不願意自己被蒙在鼓裡。他具有某種不可遏制的渴。他的臉上、動作中、聲音裡，都暗示著那種渴。比如，我們一起踢足球（他是右前鋒，我是評論員），在中場休息時，我們吃驚地看到本．胡爾大口大口地喝下六七瓶冒氣泡的檸檬汽水，接著又去喝自來水，而後仍然流露出渴的樣子。總是這樣。我對此無法解釋。不久前，我在等以色列航空公司的飛機時遇見了他。他穿著便裝，套著鱷魚牌皮鞋，手臂上掛著件摺疊起來的昂貴雨衣，旅行袋上懸掛著搭釦，上面用銀色字母寫著享有特權的名字。他現在不再叫本．胡爾．提科辛斯基了；改叫本尼．塔金先生，擁有系列連鎖酒店，但是仍然流露出渴的樣子。

為了什麼？我不知道。

這樣的人，也許被判終身在沙漠中央，在不毛之地的昏黃沙丘、流沙、荒野中徘徊。再多的水也無法將其消除，洪水也無法將其浸沒。直到現在，我依然為那樣的人著迷，如同孩提時代一樣。但是，隨著歲月的流逝，我學會了要提防他們。也許並非是要提防他們，而是要提防自己為之著迷。

11

那個星期五下午，我溜到了東宮咖啡館。正如我所說，東宮名為宮，實為搖搖欲墜的棚屋，掩映在西番蓮叢中。它甚至不在耶路撒冷東部，而是在西部，就位於坐落在通往羅梅馬（Romema）路上的軍營背後那些舊式德國別墅的一條小巷裡。這些神神祕祕、用厚重石牆砌成的房屋，皆擁有拱形窗戶、鋪滿瓦片的屋頂、地窖和閣樓、蓄水池，還有石牆環繞的花園，枝繁葉茂的樹木為庭院披上一層輕柔、奇異的暗影，彷彿你已經來到應許之地㉙的邊陲，那裡的百姓過著寧靜、平和的生活；然而，你只能遠遠地看著這片土地，卻不可接近它。

在去東宮的路上，我總是迂迴行進，走過後院，穿過空曠的空地。為了安全起見，我還繞道彎去塔赫凱莫尼學校的南邊。我不時迅速地看看身後，確定自己已成功

㉙亦稱迦南，指聖經中上帝答應給亞伯拉罕及其後裔的土地。

甩掉了「尾巴」；我也想延長所走的路徑，因為我從不認為兩點間的最短距離就是直線。我對自己說：

「走直線，又怎樣？」

當我在自己的房間裡蹲禁閉時，我像爸爸要求的那樣在黑暗中思索。我一步接一步，無論對錯，重新思考了我被英國員警抓住的那個夜晚。我得出某種結論。首先，在對我晚歸這件事上，父母是對的。那是一種沒有意義的冒險。聰明的抵抗戰士不會與敵人直接交鋒，除非他擁有主動權，以確保有利因素為目的。敵人與抵抗戰士之間的任何聯繫，如果不是後者提出，只會讓敵人獲利。我在桑赫德里亞後面的山洞裡一直待到宵禁時分，屬於不必要的冒險，因為我沉浸在夢中。而一個真正的抵抗戰士，即使做夢也要做追求勝利的夢。在民族命運攸關的當口，為做夢而做夢成了只有女孩子才可以享受的奢侈品。一個戰士必須警惕，尤其不能夢到雅德娜。雅德娜即使快二十了，但坐下去時仍像少女似的習慣擺弄一下裙襬，彷彿她的膝蓋是個嬰兒，需要蓋得合適：既不能太少，會感冒；也不能太多，會無法呼吸。當她吹奏豎笛時，音樂彷彿並非出自樂器，而是直接出自她的身體，只是經過豎笛，收斂起了一些甜美與憂傷，帶你去往真正的寂靜所在，那裡沒有敵人，沒有爭鬥，那裡不受恥辱和欺騙的約束，不會想到背叛。

夠了，傻瓜。

我帶著這些想法來到東宮。一個聲音在懇求我掉頭回家，免得招惹大麻煩；另一個聲音嘲笑我是個膽小鬼；第三個聲音，與其說是聲音，不如說是巨大的老虎鉗，強拉我進門。於是我溜進酒吧，避開前屋的撞球桌，不想讓他們看見我遏制住想用指尖觸摸那綠色粗呢的衝動（直到今天，我一看見檯面的粗呢，仍然覺得難以抗拒，想去感受那種柔軟）。兩個戴紅色貝雷帽的英國兵──我們都把這一類的稱為「罌粟」──肩上背著衝鋒槍，正柔聲細氣地和吧女聊天。那女人縱聲狂笑，前傾著身子，把冒泡的啤酒遞給他們，讓他們一覽她的乳溝，可我掃都沒掃她一眼。我穿過煙霧、酒氣和陰謀氛圍，安全地來到了後屋。我看到了自己要找的人坐在最裡面一張鋪著花桌巾的桌子後面。他的樣子與我記憶中的有些不同。比較陌生，比較嚴肅，比較英國派。他身穿寬大的幾乎垂到膝蓋的卡其布短褲，一件寬大的皺巴巴的綠色卡其布襯衫（與爸爸穿的本地產的黃色卡其布不一樣）。我看到他肩膀上警員編號閃著銀光，4479，那號碼我從初識那一晚就銘記在心了。一個既好記又令人愉快的號碼。他的手槍又滑到屁股後面了，擠在屁股和椅背之間。我看見他面前的桌子上放著一本打開的聖經、一本字典、一杯嘶嘶冒泡的黃色檸檬汽水，還有兩本書、一本練習簿、一塊皺巴巴的手帕、一盒已經打開的糖。當他抬起頭看著我時，我發現那張臉粉嘟嘟的，皮膚像是太多了以至於整個鬆垂下來，而且那膚色不太健康，如同融化的香草霜淇淋。他的帽子，那天晚上他放在我頭上片刻之久的帽子，就擱在桌邊，顯得比鄧洛普士官本人更為權威、更為官方。他棕色的頭髮稀稀落落，腦袋正中有一條直挺挺的中分線，就像我們在地理課上學的分水嶺。

我從他模稜兩可的微笑中，意識到他把我給忘了。

「你好，鄧洛普士官。」我用希伯來語說。

他繼續微笑著，但開始有點眨動眼睛。

「是我。宵禁時，你在大街上抓住了我，把我送回家，又把我給放了。你建議我們交換希伯來語和英語課啊，先生。所以我來了。」

鄧洛普士官臉脹得通紅，說：

「啊，啊。」

他依然什麼都想不起來。於是我提醒他：

「『勿讓少年在黑暗中迷途。』你記得嗎，先生？一個星期前，你說 enemies 不說

enimies。」

「啊，啊。是你啊。坐下吧。你這次打算做什麼？」

「你建議我們應該一起學習。學希伯來語和英語。我準備好了。」

「啊。你履行諾言來了。等候並來臨著，那人便為有福㉚。」

我們的課就是這樣開始的。第二次上課時，我同意他為我點一杯檸檬汽水，儘管我們原則上是不接受他們的任何東西，即便一根線、一根鞋帶也不收。但是我權衡了一下，認為自己有責任贏得他的信任，去除他腦海裡的任何疑慮，這樣就可以讓他說出我們需要的資訊。只是為了這個原因，我強迫自己抿了幾口他給我買的檸檬汽水，並且還接受了兩片薄脆餅乾。

我們一起讀了《撒母耳記》和《列王紀》中的幾章。我們用現代希伯來語討論這些章節，鄧洛普士官幾乎不懂。起重機、鉛筆、襯衣等詞語令他無比驚奇，因為它們源於古代詞彙。與此同時，我從他那裡聽說，英語中的現在進行式，在希伯來語中找不到相應的時態，這種時態的動詞以ing結尾，聲音就像用玻璃觸碰玻璃。實際上，玻

㉚語出《舊約·但以理書》12：12。

璃觸碰玻璃的聲音有助於我們瞭解英語時態：我想像玻璃發出的清脆聲響，伴隨著現在進行式那隱隱約約的編鐘樂音，漸行漸遠，漸行漸弱，逐漸模糊，消逝在遠方，那令人愉快的綿延非常動聽，直至終結，沒有轉化成任何其他活動，只聽得聲音漸趨模糊、遙遠、散去、消失。將這種傾聽稱為現在進行式，很是恰當。

我告訴鄧洛普士官，玻璃的聲音幫助我理解了現在進行式。他試圖表揚我，無奈語言混亂，只說出一些我似懂非懂的英文詞語。我只懂得，與我們這邊的人一樣，他覺得表達思想比表達情感要容易。我自己那時也產生一種情感（喜愛與羞怯相兼），但我將其扼殺了，因為敵人就是敵人，因為我不是女孩子（怎麼？女孩子怎麼啦？她們有什麼吸引我們的地方？不像玻璃在玻璃上，更像一道光在玻璃上？直到何時才被禁止？直到我們長大成人？直到敵人一個也不剩？）。見了三、四次面後，我們握了手，因為間諜可以這麼做，而且我已經設法教給鄧洛普士官希伯來語發音母音和不發音母音的區別。我從來沒當過老師，而在這裡士官稱我「英明的老師」，我喜孜孜的，然而嘴上卻說：「你過獎了，先生。」（我得解釋什麼是「過獎」，因為聖經中沒這個詞。不過某種蝗蟲或蚱蜢有類似的名字。我必須查一查這其中是否有什麼聯繫。）

鄧洛普士官是位耐心又有點心不在焉的老師，但是角色一對換，他就變成了一個安靜而專心致志的學生。他在寫希伯來語時，注意力非常集中，舌頭伸出嘴角，就像個孩子。一次他說出「基督」，但隨即又不好意思地糾正自己，用希伯來語說「全能的上帝」。我在第四次課後和他熱情地握手，那是有特別的原因，因為我已經設法從他身上榨取了一條寶貴的資訊。

「夏末之前，」他說，「我會動身回到我出生的土地，因為我們單位駐紮耶路撒冷的日子很快就結束了。」

我試圖用禮貌來掩飾自己的激動，打聽說：

「你們是什麼部隊？」

「耶路撒冷警察局。北分局。九小隊。英國人就要離開這裡了。我們累了。我們已經日薄西山了。」

「什麼時候？」

「也許明年這個時候。」

真幸運啊，我想，在這裡的是我，而不是奇塔或者本・胡爾，因為他們並不知道「明年這個時候」的確切含義是再過一年，因此他們便不會發現這個重大的軍事祕密。我有責任以迅雷不及掩耳之勢與「霍姆」聯繫，甚至和真正的地下組織聯繫（但怎麼聯繫呢？通過我爸爸？還是通過雅德娜？）。我的心在胸膛裡跳盪，猶如一隻地下室的黑豹。我以前從未做過如此傑出的好事，也許以後也不會了。然而幾乎與此同時，我嘴裡嘗到了酸味，卑鄙叛徒的可恥滋味：如同粉筆刮蹭時的戰慄。

「英國人撤軍後會怎麼樣，鄧洛普士官？」

「聖經中都寫著呢。『我將保護這城，並拯救它。』㉛『敵人和仇敵不能進入這城門。』㉜『將來必有年老男女坐在耶路撒冷街上。』㉝『城中街上必有男孩女孩玩耍。』㉞」

我怎麼能夠想像，這些會面已經導致對我的懷疑？「霍姆」最高指揮部的內部安全小隊正在觀察我的一舉一動？我絲毫沒有感到焦慮。我相信本・胡爾和奇塔一定會對我前去「釣魚」表示滿意。直到某天早晨，奇塔執行本・胡爾的命令，在我們家牆上寫下我在故事開篇提及的文字，這些文字讓我感到難以複述。吃午飯時，我看到門底下有一張紙條：我要到特里阿扎森林接受審訊，只因叛變而得遭到審判。他們把我視為草地裡的一條蛇，而不是地下室的黑豹。

12

夜晚熄燈後，我常常躺在黑暗中傾聽。外面，一個空蕩蕩的邪惡世界從牆的另一端開始。即便我們所熟悉的花園，還有石榴樹，以及我在樹下用火柴盒搭建的村莊，在夜裡也不屬於我們，而是屬於宵禁與邪惡。從花園到花園，一群群戰士在黑暗中起程，去執行生死任務。英國巡邏隊以探照燈和警犬做裝備，在空蕩蕩的街道上來回走動。間諜、偵探和叛徒均被投放到智能戰中。撒下羅網。策劃狡猾的伏擊。籠罩在夏季薄霧中的街燈發出蒼白的光，照著空曠的人行道。從我們這條街過去，在我們的居住區之外，分布著越來越多荒涼的街道、小巷、石階、拱門，均籠罩在黑暗中，處處

㉛語出《舊約．列王紀下》19：34。
㉜語出《舊約．耶利米哀歌》4：12，略有變化。
㉝語出《舊約．撒迦利亞書》8：4。
㉞語出《舊約．撒迦利亞書》8：5。

有眼睛，犬吠聲聲。即使馬路對面的那排建築，在那些宵禁的夜晚，似乎也與我們之間隔著一條幽深的黑暗之河。彷彿多爾松一家、奧斯特洛夫斯卡夫人、格里皮尤斯醫生、本．胡爾以及他的姐姐雅德娜都在黑暗山巒的另一面。同一座黑暗之山那邊，是裝有防護鐵板並上了兩把鎖的施伯萊特報攤，和西諾皮斯基兄弟雜貨店。我覺得，短語「同一座黑暗之山那邊」如同厚厚的黑色粗呢檯面，可用手指感覺到。我們上頭，拉札魯斯先生的樓頂陷於一片黑暗，母雞緊緊地擁擠在一起。在那些夜晚，耶路撒冷周圍的山丘都是黑暗之山。山那邊有什麼？用石頭建造的村莊，一簇簇散落在清真寺光塔周圍。狐狸、胡狼，甚至偶爾出沒著鬣狗的空曠山谷。殘忍成性的匪幫。遠古時代那憤怒的幽靈。

我蜷縮著身子躺在那裡，非常清醒，直至寂靜益形濃重，變得無法承受，接著槍聲打破了寂靜。有時，是從遠處喬茲或伊薩維亞河谷方向傳來的一聲走火。有時是從謝赫賈拉方向傳來的鋒刀般的厲聲齊鳴，要不就是從桑赫德里亞傳來的斷斷續續的機關槍聲。是我們的槍聲嗎？真正的地下組織的槍聲？勇敢的小夥子們用光線暗淡的袖珍手電筒一個屋頂接一個屋頂地傳遞資訊。有時，後半夜，從城南的德國居住區方向，或更遠一點兒的辛諾姆山谷或阿布托爾，或者阿倫比軍營，或者去往伯利恆路上的瑪律伊里亞斯山丘，傳來一連串的爆炸聲。沉悶的隆隆聲滾過柏油馬路的厚重地面和建築基地，令窗玻璃格格作響，那顫動從房間地板上升到我的床上，令人直打寒顫。

附近只有藥店有部電話。有時我在夜晚好像聽到從三條街之外不斷傳來鈴聲，在沒有活物的那裡發出懇求的聲音。離我們最近的收音機是在東邊的布斯泰爾家，與我們相隔六座樓。天亮之前我們將一無所知。既不知道英國人是否偷偷離開了耶路撒冷，把我們留在眾多阿拉伯人當中；也不知道一夥夥攜帶武器的強盜是否闖進了城市；更不知道地下組織是否衝進了政府大廈。

只聽得牆另一邊父母的房間裡，一片寧靜。媽媽可能身穿晨衣在看書，不然就是替她工作的慈善學校羅列購物清單。爸爸會一直坐到一點鐘，有時甚至會坐到兩點鐘。他弓著背，檯燈光暈映襯出他的頭影。他打算往卡片裡填充撰寫猶太人在波蘭的歷史一書所需要的資訊。有時他會用鉛筆在書邊上做筆記：「結論不確。」不然就是：「可用另一種方法對此加以解釋。」甚至是：「這裡作者肯定搞錯了。」有時，他會搖搖自以為是的疲倦腦袋，輕聲對著某個書架的多卷本巨著說：「這個夏天亦將會過去。冬天將會來臨。不會那麼輕而易舉。」媽媽回答說：「請別那麼說。」爸爸說：「也許我該給妳倒杯茶。妳喝了之後就會睡覺。妳太累了。」他聲音中含著猶豫，含著夜半時分的溫柔。然而在白天，他說起話來更像法官在宣布審判。

有一天，出現了一個小小的奇蹟：拉札魯斯先生的一隻母雞臥在一些雞蛋上，孵出了五隻唧唧叫喚的小雞。但我們從來沒有見過半隻公雞，於是媽媽開了幾句玩笑，可是被爸爸叱責：

「閉嘴。孩子在聽呢！」

拉札魯斯先生不肯把小雞賣掉。他給每隻小雞都取了個名字。在太陽炙烤的樓頂上逛蕩了一整天，他身穿西裝背心，臉上稍許露出吃驚的神情，脖子上掛著一條捲尺。他幾乎沒什麼事可做。多數時間都在用德語和他的母雞爭吵，朝小雞叫喊，而後又原諒了牠們，撒米餵雞，輕輕哼著催眠曲，更換木屑，或彎下腰揀起一隻喜歡的小雞，像抱孩子似的把小雞抱在胸前搖晃。

爸爸說：

「要是我們剩了點麵包，或一碗湯——」

媽媽說：

「我已經給他了。孩子端上去的，還有一些燕麥粉。我們得繼續說是給小雞的，這樣不會冒犯他。但是以後怎麼辦呢？」

爸爸回答說：

「我們需要盡力，並心存希望。」

媽媽說：

「你又像收音機裡那樣說話了。別說了，孩子聽得見。」

每天晚上，吃過晚飯，宵禁也開始了。我們三人坐在廚房裡玩大富翁遊戲。媽媽手裡端著一杯茶，從中汲取熱量，即使在夏天也一樣。不然，我們就把郵票分類並將其黏到集郵冊裡。每逢碰到一個國家，爸爸就喜歡講述各種概況。媽媽把紙上的郵票浸濕。二十分鐘後，我從臉盆裡撈出快要脫落的郵票，將其放在吸墨紙上晾乾。郵票面朝下放在那裡，猶如在西部沙漠被蒙哥馬利元帥所俘虜的義大利戰俘：他們一排排坐在灼熱的沙子上，雙手綁在背後，臉埋在雙膝之間。

而後爸爸會借助一本厚厚的英文目錄來識別晾乾的郵票，目錄封面上有一張放大的黑天鵝郵票圖案——這郵票儘管面值只有一便士，但卻是世界上最昂貴的郵票。我張開手，把透明膠條遞給爸爸，眼睛盯住他的嘴唇。爸爸帶著彬彬有禮的厭惡談論一些國家，而談起另外一些國家又滿懷尊敬。他會說起人口、經濟、重要的城市、自然資源、古代遺跡、政治體制、藝術寶藏。他尤其總要談到偉大的畫家、音樂家和詩人。

根據他的說法，這些人基本上都是猶太人，或者有猶太血統，或者至少是半個猶太人。有時他會撫摸我的頭，或者後背，又撫摸自己的身體以滿足某種遏制的情感。他會突然說：

「明天我們倆去文具店。我給你買個鉛筆盒。或者你喜歡的什麼東西。你不是特別開心。」

有一次他說：

「我要告訴你一點事，一個我從未告訴過任何人的祕密。請不要對任何人說。我有些色盲。是這麼回事。這是遺傳的毛病。所以你得為我們兩個人看一些事物。沒錯就是這樣。畢竟，你有想像力，也很聰明。」爸爸在使用某些詞語時，並沒有意識到它們會令媽媽傷心。比如，喀爾巴阡山脈。或鐘樓。還有歌劇、馬車、芭蕾舞、飛簷、時鐘廣場（飛簷是什麼意思？還有山牆？風標？走廊？馬夫是什麼樣子？還有大臣？憲兵？敲鐘人？）。

根據我們的固定協議，我爸爸或媽媽會在十點十五分準時來到我的房間，確保我關掉了床頭燈。我媽媽有時會待上五到十分鐘；她會坐在我的床邊緬懷往事。有一次，她告訴我，當她還是個八歲的小女孩時，在夏日的早晨坐在烏克蘭的河畔，旁邊是座麵粉加工廠。水面上的鴨子星星點點。她描述河灣，小河從那裡消失在森林之中。河水所帶走的東西——樹皮或落葉，總是從那裡消失。她在磨坊院子裡找到一扇漆成淡藍色的破舊的百葉窗，將其扔進了河裡。在她的印象中，這條小河，始於森林，又消失在森林，在森林深處有更多的彎道，形成一個圓周。於是，她在那裡坐上兩、三個小時，等候她的百葉窗完成圓周旅行，重新出現。但是，最後重新出現的，卻只有鴨子。

她在學校裡學到水總是往低處流，因為此乃自然法則，別無二致。然而，在遠古之時，人們確實相信截然不同的自然法則；比如他們相信地球是扁平的，太陽圍繞地球運轉，星星是被放在天空來觀察我們的。也許我們時代的自然法則也是暫時的自然法則，很快便會被新的自然法則所替代？

第二天，她又去了小河，但是藍百葉窗沒有回來。在接下來的日子裡，她會在河畔坐上半個或一個小時，儘管她認定百葉窗不再重現也證明不了什麼。河水也許是個圓周，但是百葉窗也許卡在岸上的某個地方，或者卡在淺水中。也或許它已經流過了磨坊，一次、兩次，甚至多次，但可能是在夜間，或在吃飯的時候，也可能她就坐在那裡等待，但恰逢百葉窗經過時，她正抬頭仰望鳥兒飛翔，才會錯過了。因為大群大群的飛鳥常常在秋天、春天，甚至夏天飛過，與遷徙時間沒有關係。實際上，你怎能知道你所描述的小河在流回到磨坊之前的週期究竟有多長？一個星期？一年？也許更長？因為在那一刻，在一九四七年耶路撒冷的宵禁時分，當她坐在我床邊為我講述百葉窗時，她童年時代的藍色百葉窗仍然在烏克蘭的小河上漂流，或者是在喀爾巴阡山脈的河谷中漂流，流過洗衣作坊、噴泉、飛簷和鐘樓。仍然從那座磨坊流去，誰會知道它何時抵達最遠的終點，開始返程？也許還要十年？七十年？或一百零七年？媽媽把藍色百葉窗扔進河裡二十多年後跟我講起它時，百葉窗在哪裡？它的殘骸究竟在哪裡？它的碎片在哪裡？它腐爛的殘片在哪裡？當然，那時肯定會有些東西留存下來。即便現在，當我將其寫下的夜晚，離我媽媽將它扔進小河的那個夏夜已經七十年之久，也會有些東西留存下來。

百葉窗最終回到媽媽將它扔入水中的地方，回到磨坊腳下的那一天，不會由我們親眼所見，因為這一切已不復存在，親眼看到這一切的是他人。一個甚至無法想像河上物體從這裡流走而今又回歸此處的男人或女人。真是遺憾，媽媽說：「要是有人看到，甚至只是注意到我的標記再次流經磨坊，他們怎麼知道那是一個標記，證明萬物在做圓周運動？」實際上，在百葉窗回歸的那一天、那一刻，碰巧在那裡的人也可以決定把它視為一個標誌，檢驗河水是否做圓周迴圈，也是可能的。但是，當它又完成一個迴圈週期時，那個新人也不會再次出現。另外一個陌生人將會站在那裡，再次一無所知。故而要加以講述。

13

在特里阿扎森林裡對我的叛變罪的審判持續了不到十五分鐘，因為我們害怕遇到宵禁。沒有刑訊逼供，沒有辱罵和傷害。那是一場冷靜而彬彬有禮的審判。奇塔·萊茲尼克是這樣開場的：

「被告站起來。」（愛迪生電影院正在上演賈利·古柏主演的《蒙大拿州的匪徒名譽市長》。他們對我的審判參照了對匪徒名譽市長的閃電式審判。）

主審、公訴人、地方預審法官、唯一的證人和立法者本·胡爾·提科辛斯基，嘴唇動也不動地說：

「普羅菲。最高指揮部成員。副司令兼行動負責人。我們組織中的中心人物。一個有才幹的人。值得特別認可的人。」

我嘟囔道：

「謝謝你，本·胡爾。」（我非常驕傲，喉嚨都哽咽了。）

奇塔・萊茲尼克說：

「被告只有讓他說話時才能說話。被告現在得安靜。」

本・胡爾回應他說：

「奇塔，你也該安靜了。」

安靜片刻後，本・胡爾說出了痛苦的一句話，只有三個字：

「真遺憾。」

他又沉默下來。而後，他用憂心忡忡、幾近同情的口氣，繼續說：

「我們提三個問題。法庭會根據回答問題時的坦誠程度予以量刑。被告若如實回答會得到寬大處理。動機是什麼？敵人獲悉了什麼？背叛的獎賞是什麼？法庭喜歡簡要的回答。」

我說：

「好的。是這樣。第一，我不是叛徒。相反地，我以交換希伯來語和英語課做幌子，從敵人那裡得到了重要情報。這是——第一點。」

奇塔・萊茲尼克說：

「他撒謊。他是個卑鄙的叛徒、騙子。」

本・胡爾說：

「奇塔。最後警告。被告，繼續。請再簡短一些。」

我繼續說：

「好。第二，我沒有洩密。我甚至沒說出我的名字。絕對絲毫也沒透露地下組織的存在。接著說嗎？」

「要是你不太累的話。」

奇塔突然發出神經質的、諂媚的大笑，說：

「換我來對付這個普羅菲吧，不出五分鐘，他就會像金絲雀一樣唱歌。」

「你很討厭哩，奇塔，怎麼說話像個小納粹。把那塊石頭——不是，是那塊，撿起來，小納粹——放進你嘴裡。就這樣。現在把嘴巴閉上。我們在審判過程中保持安靜。請叛徒把話說完，要是他還沒說完的話。」

「第三，」我說，強迫自己不偷看奇塔，他快要被嘴裡的石頭噎住了，我決定死死盯住那對眨也不眨的黃色狐眼，「第三，我未從敵人那裡得到任何好處。一根線或一根鞋帶也沒有。這是原則問題。我說完了。我不是叛徒，我是間諜。我完全按照指令辦事。」

「有點太誇張了，」本・胡爾難過地說，「還什麼線啊、鞋帶啊，等等。但是我們習慣了。你講得很好，普羅菲。」

「我無罪了？我自由了？」

「被告說完了。現在被告得安靜了。」

又安靜下來了。本・胡爾・提科辛斯基盯著三根小嫩枝。他試了四、五次，想把它們像三腳架那樣立起來，但每次嫩枝都倒了下來。他掏出美工刀，削短了一條嫩枝，又削尖了另一條，直至可以搭成一個完美的幾何圖形。但是他並沒有把刀子收起來，而是把它平放在攤開的手背上，刀片對著我，閃著寒光。他說：

「本庭相信叛徒所說他從敵人那裡得到了一些情報。本庭甚至接受叛徒沒有把我們洩漏出去的說法。對叛徒所說他未從敵人那裡得到任何報酬的錯誤證詞，本庭表示憤慨並予以駁回：叛徒收了薄脆餅乾、檸檬汽水、香腸肉捲、英語課、一本包括新約在內的聖經，新約攻擊我們的民族。」

「我沒有收香腸肉捲。」我幾乎是在囁嚅。

「叛徒還真卑鄙。他用香腸和其他不相關的瑣事來浪費本庭的時間。」

「本・胡爾，」我突然發出絕望的叫喊，一聲反抗非正義的吶喊，「我有對你們做了什麼？我什麼都沒跟他說。一個字都沒說。別忘了是我建立了這個組織，是我讓你當了司令。可是現在一切都結束了。我現在要解散『霍姆』。遊戲結束了。你聽說過德雷夫斯嗎？聽說過作家左拉嗎？當然沒有。但是我什麼都不在乎了。這個組織就此解散，我現在要回家了。」

「你走啊，普羅菲。」

「不光回家，而且要鄙視你們兩個。」

「你走啊。」

「我不是叛徒。我不是洩密者。全是誹謗。至於你，本．胡爾，你只是個有迫害情結的孩子。我在百科全書中看到有很多這樣的資料。」

「算了吧。你幹嘛不走啊？你一直在說要走、要走，還像根釘子釘在這裡。還有奇塔，告訴我，你有病啊你？別再吃石頭了。對。你可以把它拿出來了。可是千萬別——別把它扔了。拿著你的石頭，也許你還會用得上。」

「你們要怎麼處置我？」

「你馬上就知道了，普羅菲。百科全書裡可沒有寫喔。」

我用幾乎聽不見的聲音說：

「可我什麼也沒說。」

「我相信。」

「我什麼也沒跟他拿。」

「這個我也有點相信。差不多相信吧。」

「那為什麼呢？」

「為什麼？叛徒已經看了五本百科全書，還不知道他幹了什麼。我們需要給他解釋嗎？奇塔，你覺得呢？我們讓他開開眼？可以。那好。我們不是納粹。本庭相信已做出了合理的判決。是這樣。這是因為你普羅菲愛敵人。愛敵人嘛，普羅菲，比洩密還要糟糕。比出賣戰鬥者還要糟糕。比告發還要糟糕。比賣給他們武器還要糟糕。甚至比站到他們那一邊、替他們打仗還要糟糕。愛敵人乃叛變之最，普羅菲。過來，奇塔。我們走了。就要宵禁了。和叛徒吸一樣的空氣不利於健康。從現在開始，奇塔，你是副司令了。只是要閉上你的嘴巴。」

（我？愛史帝芬．鄧洛普？此時，我整個肚子在向內塌陷，裡面的一切被向下擠壓，感覺就像落入了深井。好像我的肚子裡又長出了一個肚子，一個深洞，一切都倒了進去。我愛他？胡說！這是叛變之最？我媽媽怎麼說會愛的人不是叛徒？）

本・胡爾和奇塔已經走遠了。我怒不可遏：

「簡直是瘋子！神經病！我恨那個鄧洛普，那張水母臉！我恨他！我厭惡他！我鄙視他！」

（叛徒。騙子。卑鄙。）

此時，叢林裡空無一人。最高指揮官消失了。天快要黑了，宵禁就要開始。我不要回家。我要入山，做山中少年。一個人在那裡生活。永永遠遠。沒有歸屬。如此就不會有叛變。任何有歸屬者都會叛變。

松枝低語，柏樹颯颯：卑鄙的叛徒閉嘴吧。

14

根據我從爸爸那裡學來的應對危機時刻的邏輯方式，我面前擺著幾條路。我把它們寫在從爸爸書桌上拿的一張空白卡片上。第一，把奇塔拉到我這邊（給他郵票？硬幣？講一堆恐怖故事給他聽？）。而後，把本・胡爾從總指揮的寶座上拉下來。第二，分裂出去。建立新的抵抗運動，徵募新戰士。第三，逃到桑赫德里亞山洞，住到那裡，直至他們還我清白為止。要不，乾脆把這一切向鄧洛普中士和盤托出，既然沒有什麼好再怕失去的了。本・胡爾和奇塔會去坐牢，而我則會被帶到英國，以一種全新的身分開始新的生活。在那裡，在英國，我會建立新的聯繫，與政府部長和國王交友，直至我找到機會在英國統治的心臟展開攻擊，從他們手裡奪回我們的土地。就靠我自己一個人。而後我會帶著蔑視，特赦本・胡爾和奇塔。

或者不這樣做。

最好的方式，就只是等待。

我要以頑強的耐心等待，睜大雙眼（直至今日，我依然這樣教導自己。儘管我對此並不認可）。

我會平靜地等待。要是本・胡爾圖謀傷害我，我將挺過來。但我不會採取任何可能削弱或分裂地下組織的措施。他們仇也報了，罰也罰了（還能把我怎麼樣？）。他們差不多就要邀請我和他們一起行動了。不管怎麼說，他們沒了我還能做什麼？他們不過是沒有組織和紀律的烏合之眾。可是我不會一下子就同意。我要讓他們求我，懇求我，乞求我原諒，承認他們對我做得不公道。

「爸爸，」那天晚上我問，「要是英國人，比如說，最高指揮官，甚至國王本人，前來承認他們對我們做得不公道，請我們原諒，我們該怎麼辦？」

媽媽說：

「當然原諒他們。為什麼不？那是你甜美的夢想。」

「你說那些阿爾比恩啊，」爸爸說，「首先我們得仔細檢驗他們究竟有多少誠意，是否別有用心，他們什麼事都幹得出來。」

「要是德國人來請我們原諒怎麼辦呢？」

「難啊，」媽媽說，「需要等待。也許多年過後。也許你能。但我不能。」

爸爸陷入了沉思，最後拍拍我的肩膀，說：

「只要我們猶太人處於少數、弱小，那些阿爾比恩和所有的非猶太人就會巴結阿拉伯人。當我們非常強大時，當我們人多勢眾能自我防衛時，確實，他們很可能就來對我們甜言蜜語。英國人、德國人、俄國人，整個世界就會來和我們唱小夜曲。到那一天，我們會對他們以禮相待。我們不會拒絕他們伸出來的手，但是也不會像久無音訊的兄弟們那樣興奮地擁抱他們。我們反而會尊敬他們，但不會信任他們。順便說一句，我們最好結成同盟，不是和歐洲人，而是和阿拉伯鄰居。畢竟，以實馬利是我們唯一的血親。當然所有這一切還很遙遠，甚至十分遙遠。你記得特洛伊戰爭嗎？我們去年冬天一起讀過？裡面有句著名的諺語：『當心希臘人的禮物。』這個，把希臘人換成英國人。至於德國人，只要他們自己不原諒自己，也許我們有朝一日會原諒他們。但如果他們表明原諒了自己，那麼我們永遠不會原諒他們。」

我並不放棄：

「可是最終，我們會原諒我們的敵人，還是不原諒？」

（那時我的腦海裡浮現出這樣一幅畫面，一幅準確、具體、詳細的畫面：爸爸、媽媽，還有鄧洛普士官，在星期六上午一起坐在這個房間裡喝茶，用希伯來語談論《舊約》和耶路撒冷的考古遺跡，用拉丁語或古希臘語爭論希臘人運送禮物這件事。畫面的一角是雅德娜和我。她在吹豎笛，而我則躺在離她腳邊不遠的地毯上，地下室裡一隻幸福的黑豹。）

媽媽說：

「是的。我們會原諒。不原諒就像一劑毒藥。」

而我，則應去請求雅德娜原諒我：其實我幾乎沒看見她，也不是故意的——我從那時起產生了這種想法。但怎麼可能？若要請她原諒，我就得告訴她發生了什麼，故事本身就是一種背叛。因此，請求雅德娜原諒將會成為某種背叛之背叛？好複雜啊。背叛之背叛能否消除最初的背叛？還是使背叛加倍？

這顯然是個問題。

15

你千萬別把受傷的地下戰士送到醫院，因為那是刑事調查部在事發之後搜查受傷戰士最先要去的地方。因此，地下組織均有其祕密包紮所來照顧傷患，其中一個祕密包紮所就在我們家，因為媽媽剛到這個國家時在哈達薩醫院學過護理（不過，她只學了兩年。第二年她結婚了，第三年我出生了，就此中斷了她的學業）。

衛浴間的壁櫥裡有個上鎖的抽屜。爸媽不准我問裡面是什麼，甚至不允許我注意它總是鎖著。但有一次，他們上班時，我小心翼翼地撬開了鎖（用一根彎曲的金屬線），發現了繃帶、敷藥、注射器、裝著各種藥丸的盒子、罐子、密封的瓶子、上面寫著外文的軟膏。於是我明白了，如果在宵禁中的某個夜晚，我聽見了偷偷抓門的聲音，接著便會是悄悄的說話聲，低語，火柴棒在火柴盒上的擦劃聲，水壺的哨聲，我不要離開自己的房間；也不會看見門廳大地圖下的地板上多放了一張床墊，第二天早晨又消失、沒留下任何痕跡。我會當成自己一直在做夢。一無所知是地下工作者最艱難的職責之一。

我爸爸在黑暗中幾乎什麼也看不見，因此他從不參與夜襲營房或壁壘森嚴的警察局。但是他有個特殊任務：創作譴責背信棄義的阿爾比恩的標語，阿爾比恩公開承諾有責任在這裡幫我們建造猶太人的家園，現在又來個犬儒主義的背叛，幫助阿拉伯人來鎮壓我們。我問爸爸什麼叫犬儒主義的背叛（每當爸爸給我講起一個外來概念時，他便顯得全神貫注、認真負責，如同一個科學家把寶貴的溶液從一根試管倒入另一根試管）。他說：

「犬儒主義：冷漠、蓄意。自私。這個詞來自kyon，古希臘語中的狗。遇到合適的機會，我會給你解釋犬儒主義和狗有什麼關聯。富有反諷意味的是，狗一般被視為忠誠的象徵——這說來有些話長，說明人對最忠於自己的那些動物，如狗、騾子、馬、驢等忘恩負義，它們成了遭到濫用的名詞術語，可是十分危險的野獸，如獅子、老虎、狼，甚至以腐肉與垃圾為食的兀鷲，在許多語言裡卻贏得了不應有的尊重。不管怎麼說，現在回答你的問題，犬儒主義的背叛是種冷血型的背叛，不道德的背叛，沒有情感的背叛。」

我問自己，而不是問爸爸：世上可曾有不是犬儒主義的背叛？非自私、非精心策畫的背叛？可曾有不卑鄙的叛徒？（而今我想是有的。）

在爸爸給地下組織寫的標語裡，指控背信棄義的英國人在繼續著納粹的罪惡，為了阿拉伯的石油和中東的軍事基地，出賣一個遭受滅頂之災的民族最後的希望。

「彌爾頓和拜倫的民族應該意識到，冬日裡給他們帶來溫暖的石油，染上了受迫害民族的倖存者灑下的鮮血。」「英國工黨政府正在巴結腐敗的，一再抱怨他們在大西洋和波斯灣、從北部阿勒山到最南端的曼德海峽之間沒有足夠地盤的阿拉伯政體。」（我在地圖上查了一下：他們並非真的缺少地盤。我們的領土在廣袤的阿拉伯世界當中只是個小圓點，是不列顛帝國裡的一個針頭。）我們造完火箭後，會對準倫敦中心的王宮，強迫他們離開我們的土地（鄧洛普士官會怎麼樣呢？他喜歡聖經，喜歡我們。會允許他以希伯來國家的特殊榮譽客人身分待在這裡嗎？我要弄清楚。我要給他寫推薦函）。

夜裡，爸爸不做波蘭歷史研究時，就寫標語。在標語中引用英文詩中的詩句，扣動他們的心弦。上班路上，他把那張紙藏在報紙裡，交給自己的聯絡人（那是個長得酷似鸛鳥的男孩，在西諾皮斯基兄弟的雜貨店裡工作）。而後標語被送往祕密印刷場所（在科洛德尼家的地窖）。幾天後，這些標語出現在建築物的牆壁上、電線杆上，甚至鄧洛普士官駐紮的警察局。

刑事調查部如果發現了媽媽上鎖的抽屜，或爸爸的標語草稿，就會把他們關押到俄羅斯庭院內，只剩下我孤零零的一個人。我將前往山裡，過山裡孩子的生活。

我在愛迪生電影院看了場電影，演的是一群偽幣製造者，整個一大家子人：兄弟，堂表兄弟姐妹，姻親們。回家後，我問媽媽，我們家是不是也違法亂紀了。她說：

「我們做什麼了？我們搶過嗎？我們騙過嗎？我們讓別人流過血嗎？」

爸爸說：

「當然沒有。相反地，英國人的法律實在不合規則。他們靠壓制與欺騙在這裡實施統治，因為世界各國把耶路撒冷交給他們的前提是要在這裡建立一個猶太民族家園，現在他們正慫恿阿拉伯人摧毀這個家園，甚至助阿拉伯人一臂之力。」說話的時候，他那在鏡片下放大的藍眼睛閃爍著憤怒。媽媽和我悄悄地交換了一下目光，因為爸爸的憤怒是溫和的、書卷氣的。驅逐英國人、擊退阿拉伯軍隊需要某種截然不同的憤怒，某種遠離詞語的兇猛憤怒，某種在我們家或周圍鄰里之間並不存在的憤怒。也許這種憤怒只存在於加利利，存在於山谷，存在於內蓋夫沙漠的基布茲，存在於每個夜晚都在那裡培養真正地下戰士的山巒。也許只有在那些地方才會產生真正的憤怒。我們並不知道憤怒究竟是什麼樣子，但是我們知道，沒有憤怒，我們將註定毀滅。在那裡，在沙漠中、在平原上、在卡邁爾山脈、在貝特謝安，正在出現新型的猶太人。他們不像我們那樣蒼白，戴著眼鏡，而是曬得黝黑，身強力壯，他們是拓荒者，他們擁有某種真正的、富有殺傷力的憤怒之源。偶爾閃爍在爸爸眼鏡裡的憤憤不平的憤怒，讓媽媽和我露出令人不易覺察的微笑。比眨眼還要輕微。一個小型的陰謀，地下組織之內的一個地下組織，好似她在眨眼間當著我的面打開了禁止接觸的抽屜。好似她正在向我示意，房間裡確實有兩個大人和一個孩子，但至少在她眼裡，我未必是個孩子。不管怎麼說，不總是個孩子。我突然走過去，緊緊抱住她，此時爸爸正轉開他的檯燈，坐下來繼續收集關於猶太人在波蘭的歷史的論據。為何那一刻的甜美，竟夾雜著吱吱作響的粉筆的酸味，那背叛的沉悶味道？

在那一刻，我決心告訴他們：

「我與本．胡爾和奇塔的關係結束了。我們不再是朋友了。」

爸爸背對著我們，面向書桌上一堆堆翻開著的書，問：

「你做了什麼？你什麼時候才能學會對朋友要忠誠？」

我說：

「我們決裂了。」

爸爸在椅子裡轉動一下身子，用他那自以為是的聲音詢問道：「決裂？光明之子和黑暗之子？」

媽媽說：

「他們又在黑暗中開槍呢。聽起來離這裡很近。」

16

我曾經提過，本．胡爾那類人令我多麼著迷，他總是渴，那不可抑制的渴賜予了他們野貓般慵懶的殘酷神態——那是一種半眯著眼的冷峻權威。我就像在聖經課上學到的大衛王時代的英雄，總是感到自己具有一種奇怪的衝動，渴望為那樣的人傾盡自己所有，甚至不惜冒生命危險為他從敵人的井裡取水。做這一切的目的，只是出於某種朦朧的希望，希望之後能聽到豹子嘴角擠出富有魔力的字眼：「幹得好，普羅菲。」

除了這些口渴的豹子，還有一類人令我十分著迷。這些人看上去與豹子們截然相反，但實際上他們擁有某種不可言說然而不難覺察的共同之處。我是指那些總是迷路的人。就像鄧洛普士官。無論是當時，還是我正在寫作的現在，我一向覺得迷路的人具有某種令人極其喜愛之處。這些人走在人生旅途上，整個世界對他們來說，彷彿陌生城市中的一個公車站，他們在此地下錯了車，卻又不知自己錯在哪裡，不知如何出站，不知去往何方。

他身材非常魁梧、高大，是一個大胖子，但是他很和藹，行動起來有點像得了軟骨症的人。儘管他身穿軍服，帶著槍，袖子上鑲著士官的折槓，肩上的銀色號碼閃閃發光，頭上戴著黑色的大盤帽，可是他看上去卻像一個剛從光明中走進黑暗的人，或者從黑暗中走進光明的人。

他看上去像個剛剛丟了什麼寶物的人，現在他想不起來自己丟了什麼，或是那寶物的樣子，而如果找到了又該做何處理。於是他一直在自己的內在寢室裡、在走廊裡、在地下室裡、在儲藏室裡徘徊。即便他碰巧發現了自己丟失的物品，又如何認得出來呢？他疲憊不堪地走過去，繼續尋找。他將穿著大皮靴，沉重緩慢地向前行走，越走越遠，越來越迷失。我沒有忘記，他代表著敵人，然而我有某種衝動，想伸手給他。不是握手，而是支撐他。就像對嬰兒或者對盲人那樣。

幾乎每個傍晚，我都會偷偷溜進東宮，腋下夾著一本《留學生英語》和一本《新移民與拓荒者語言》。我不再介意豹子及其脅從分子是否仍舊沿著一條條小巷尾隨著我。

我還有什麼可失去的？

我迅速穿過煙霧繚繞、散發著啤酒惡臭的頹廢前屋，不理會那粗俗不堪的笑聲，遏制住自己想用指尖撫摸球檯綠色粗呢的衝動，也不看吧女的乳溝，我以飛箭般的果決，直接快步走進後屋，來到他的桌旁。

結果不止一次證明我白跑了一趟，因為他並沒有來，即便我們已提前約好，有時候他還是會忘記；有時是他記錯時間；有時則是他在會計部忙完一天的工作，突然被派去執行戶外任務，在郵局門口站崗，或者在關卡查驗身分證。他還曾經跟我暗示說，偶爾，他會因為行禮太慢、或是因為一隻靴子比另一隻亮而受罰，在軍營裡關禁閉。

有誰曾在現實生活中，或在電影裡看到過一個心不在焉的敵人，或看過一個靦腆的敵人？鄧洛普士官便是個心不在焉、非常靦腆的敵人。有一次，我問他是否有妻兒等待他回到坎特伯雷的家（這是以某種不傷人的方式故意暗示他，英國人終將滾出我們領土的那一刻定會來臨，這對他們、對我們都有好處）。鄧洛普士官對我的提問感到震驚，他的大腦袋縮到肩膀裡，猶如受驚的烏龜，那雙長著黑斑的大手侷促地從膝蓋挪到桌面上，而後又挪了回去，接著從雙頰紅到前額，又紅到耳根，猶如一塊酒漬在潔白的桌布上暈開。他小心謹慎地用希伯來語開始了冗長的致歉：此時，他是個「孤獨的行路人」，儘管上帝在聖經中專門教導我們「人獨居不好」㉟。

有那麼幾次，我發現鄧洛普士官坐在他通常就座的那張桌子旁邊等我，襯衣下襬在褲子外面晃動，肚子在皮帶上時隱時現，遮住了亮晶晶的搭釦——簡直是個懈怠的肥胖男人。也許他正一個人在下西洋棋。當我靠近時，他有點吃驚，急忙道歉，並趕緊把棋子放回盒子裡。他會說這樣的話：

「無論怎樣，我很快就會輸了。」他露出了微笑，是那種「請不要注意我」的微笑，笑到一半臉就紅了，臉紅似乎增加了他的窘迫，這樣一來便讓他倍加窘迫了。

「我倒不覺得，」我有一次對他說，「無論怎樣，你會贏的。」

他想了一下，便明白了，甜甜地微笑著，好像我說出了令最睿智的哲學家也費解的話。他又想了一下說：

「不是這樣的。我在大功告成時，會自己擊敗自己。」

然而，他同意只和我下一盤。結果他贏了，這使他充滿了令人同情的窘迫。他開始致歉，好像他通過贏我的棋，親自使暴虐的英國統治罪加一等。

有時，在給我上英文課時，他會為了複雜的時態規則和大量的不規則動詞表示歉意。他似乎在指責自己，指責他的疏忽，因為在英語中，通常可以用一個詞表述的事物在希伯來語中卻使用兩個詞。比如，「一玻璃杯水」和「一塊窗玻璃」中的glass；「餐桌」和「統計表」中的table；「灰熊」和「忍受負擔」中的bear；「炎熱的一天」和「味道濃濃的咖哩」中的hot；「確定日期」和「吃椰棗」中的date。而在上希伯來語課時，不管他什麼時候交來我指定的作業，他都會謙恭地問：

「哎呀，無知者沒弄懂吧？愚者沒搞明白吧？」

我要是誇他作業寫得好，他那雙天真的眼睛便會一亮，嘴角便會漾起溫和而暖人心扉的微笑，而後這微笑便會洋溢在他的整個臉頰，彷彿遍布在軍服下的全身。他會喃喃自語：

「你過獎了。」

但有時，課剛好上了一半，我們會放下正事聊天。有時，他會不由自主地跟我說起軍營裡的花邊新聞，咯咯笑著，好像為自己嘴裡噴出的污言穢語震驚不已：誰在暗中破壞誰的威信，誰在儲藏糖果或香煙，誰從來就不洗澡，誰被發現與跟他「稱姐道妹」的人在酒吧裡喝酒。

㉟語出《舊約．創世記》2：18。那人單獨一個不好，我要為他造一個配偶幫助他。

如果我們討論政治形勢，我就會變成一個憤怒的先知，而他只是點頭說「確實」，要不就是「呵呵」了事。有一次他說：

「先知的民族。書的民族。如果他們不必灑下無辜的鮮血就能承襲一切，那就好了。」

有時會談到聖經故事，那麼就輪到我張著嘴巴傾聽，而他則用我們的老師澤魯巴比爾．吉鴻先生在最狂野的夢中也想像不到的言論令我驚愕不已。比如，鄧洛普士官並不喜歡大衛王，儘管他為之惋惜。在他看來，大衛王是個鄉野小子，註定要成為詩人與戀人，可上帝卻讓他當了並不適合於他的國王，迫使他生活在戰爭與陰謀中。大衛王在人生盡頭，同樣遭受惡鬼的折磨，而他本人曾這樣令強於自己的先輩掃羅遭受同樣的痛苦，這並不足為奇。最後，放驢人和牧羊人遭受了同樣的命運。

鄧洛普士官以微微驚歎的語調講述掃羅、大衛、米甲、約拿單、押沙龍和約押㊱，好像他們也是希伯來地下組織中的年輕人，他也曾和他們一起坐在東宮，跟他們學希伯來語，並教他們一點非利士語作為回報。他對掃羅和約拿單懷有愛慕與憐憫，最喜歡掃羅的女兒、終身未育的米甲，他也喜歡拉億之子帕鐵㊲，他為米甲哭泣，一直哭到被押尼珥趕走，帕鐵追尋著不再屬於自己的妻子，他本人也被驅逐出舞台，從《歷代志》中消失。

但是除了帕鐵，我想，他們幾乎都是叛徒：約拿單和米甲背叛了父親掃羅；約押和喜魯雅的其他兒子，俊美的押沙龍，暗嫩、哈吉的兒子亞多尼雅——統統是叛徒㊳；最壞的叛徒是大衛王本人，也就是我們所歌唱的大衛王，「大衛，以色列王，依舊活在我們之中」㊴。這一切在鄧洛普士官嘴裡顯得有點滑稽可笑。他跟我講了似乎很像刑事調查部那些可悲且瞎忙過活的人們的種種傳聞：這個人嫉妒成性，那個人巴結逢迎，還有一個人生性多疑。在他的故事中，這些人似乎都陷於熱戀、欲望、嫉妒、陰謀、爭權奪利與報復編織成的這張荒誕不經的網裡（這裡他們又是那些口渴之人，那些口渴的豹子，在這個世界上任何水也無法消除他們的口渴，永遠不會。他們如同瞎子，挖個坑自己掉了進去）。

㊱掃羅、大衛、米甲、約拿單、押沙龍和約押都是聖經中的人物。掃羅是古代以色列的第一任國王，大衛是他的繼任者。他們都出身貧寒，曾經一個放驢，一個牧羊。米甲乃掃羅王之女，約拿單乃掃羅之子，押沙龍乃大衛之子，約押乃大衛元帥。

㊲帕鐵：米甲之夫，見《舊約・撒母耳記下》。

㊳參見《舊約・撒母耳記下》2：2－4。

㊴作品中寫的歌詞與實際歌詞之間略有差異。

我努力尋找可以拯救大衛王和吉鴻先生的榮譽（實際上是我們整個民族的榮譽）的決定性答案，結果一無所獲。我知道，我有責任在這些談話中捍衛鄧洛普士官正在抨擊的某種東西。但是我想捍衛什麼？那時我並不知道（現在我也不完全知道）。然而，我心向他們，心向掃羅，他因背叛之故被撒母耳㊵拋棄、誆騙、審判，因為沒有一副鐵石心腸，被判付出王冠和生命。我也心向米甲和約拿單，他們與家族的敵人相通，毫不猶豫地背叛自己的父親和他的王權，去追隨豹子。我甚至對大衛懷有仁慈，這個叛君背叛所有愛他的人，又幾乎遭到所有人的背叛。

我們為什麼不能在東宮的後屋辦一次聚會，鄧洛普士官、爸爸、媽媽、本·古里安、本·胡爾、雅德娜、大穆夫提哈吉·阿明、我的老師吉鴻先生、地下組織的領導人、拉札魯斯和最高長官，我們所有的人，甚至包括奇塔、他的媽媽和兩位輪流上崗的爸爸，聊上一兩個小時，最終達成相互理解，彼此做出一些讓步、和解與原諒？我們為什麼不能一起去往小河的岸邊，看看藍色的百葉窗是否被沖了回來？

「今天就到這兒吧。」鄧洛普士官打斷了我的幻想，「我們現在告別，明天再來，我們額上冒出了汗水，將會增長知識，哦！但願不增添憂傷。」

我們就此告別，沒有握手，因為他自己很清楚，我不能和外國壓迫者握手。於是，我們在見面和道別時都會點頭致意。

那麼，在和鄧洛普士官的交往中，我從他嘴裡得到了哪些祕密情報？

不多，只是零零星星的趣聞。

一些關於壁壘森嚴的警察局裡就寢安排的情況。

一些夜裡執勤人員的情況（實際上非常重要）。

還有官員之間，以及官員夫人之間的私人關係。軍營日常生活的某些細節。

另外還有一些情況，也許不能視為我的刺探成果，但不管怎樣，我在這裡有必要提一下。那是個偶然的機會，鄧洛普士官對我說，依他看來，英國託管結束後，一個希伯來國家將會在這裡建立起來，先知的預言化作了現實，與聖經中的記載一模一樣，可是他為迦南人感到難過，他指的是當地的阿拉伯人，尤其是村民。他相信，英國軍隊走了以後，猶太人會崛起，打敗他們的敵人，石造村莊會毀於一旦，田野和花

㊵撒母耳：聖經中的人物，生活在士師時代和君王統治時代的交替時期，一般稱之為最後一位士師，古以色列立國後的第一位先知，也是祭司、軍事家、政治家和宗教家。

園會成為胡狼與狐狸出沒的地方，水井會乾枯，農夫、村民、拾橄欖的、修剪桑樹的、牧羊人、放驢的都會被趕進荒野。也許是天意使之代替猶太人變為受迫害的民族，猶太人最終回到了自己承襲的地盤上。「上帝之路太奇妙了。」鄧洛普士官說道，傷心中夾雜著些許驚訝，好像他突然得出長久以來等待他得出的結論，「罰其所愛，愛之絕之。」

17

我們的住宅區開始謠傳：英國人將對我們施行夜以繼日的全面宵禁，進行挨家挨戶的大規模搜查，尋找地下戰士和藏匿武器的地點。

有一天，爸爸下午下班後，把我和媽媽叫到廚房去談話，因為有些事情需要跟我們嚴肅而坦誠地商量。他關上門窗，穿著大口袋、熨燙得平平整整的卡其服坐了下來，把一個小牛皮紙袋放在面前的桌上。他說，裡面有些東西——或許，他其實想說，這裡面的東西務必隱藏到麻煩解除之後。可以想見，他一定是認為我們逃不過搜查；但心裡又不願相信，在我們家要隱藏這個東西有這麼難。總之，他要我們準備接受這個考驗。

我想，他不告訴我們裡面裝了什麼，是對的，這樣就不會讓媽媽擔憂了（有可能他自己也不知道該怎麼辦？不可能。爸爸肯定知道）。而我則立即猜測袋子裡裝的是矽藻土炸藥，或TNT，或硝化甘油，或者什麼更具效力的東西，某種以前從未見過的、新發現的、突破性的爆炸物質——是我們在地下組織的實驗室裡研製的致命化合物，只要一匙就能炸掉整座城市。

可是我呢？

我知道半茶匙就夠讓我們製造出對倫敦王宮構成威脅的火箭了。我一直在等待這個機會。我必須不惜一切代價，悄悄地從袋子裡取出自己需要的分量。

如果我成功了，「霍姆」人員就會下跪，祈求我原諒他們，要我歸隊。

我會原諒他們。會懷著蔑視，同意歸隊。但是我得保證做出幾項嚴肅的讓步：從頭開始組建指揮部，讓本．胡爾官復原職，徹底廢除內務安全與調查部，想辦法避免個人武斷的決定，保護戰士們免遭內部陷害的危險。

爸爸說：

「如果查到我們時，你們倆一定要知道是怎麼回事，原因有二：一、這裡地方不大，有人可能會碰巧發現它，釀成事故；二、如果他們真的找到了藏匿地點，他們可能會單獨盤問我們。我希望大家準備好一致的解釋，不要相互矛盾。」（爸爸讓我們記住的解釋與施羅斯柏格教授有關。這位教授一個人住在我們樓上，去年冬天去世了。他在遺囑裡給爸爸留下了五六十本書。一旦盤問，我們就口徑一致，說牛皮紙袋是隨已故教授的書一起搬到我們家的。）

「這是善意的謊言。」爸爸說，他那雙近視的藍眼睛透過鏡框直視我的雙眼，眼中閃爍著少見的頑皮光彩，我只會在非常偶然的情況下才看得到這種目光。比如，當他向我們說起他給某位學者或作家做出一個壓倒一切的答覆時，對方「目瞪口呆，彷彿遭到了雷擊」。「萬一需要這麼做，全是因為有危險，我們允許自己使用這一善意的謊言，我們在使用它時帶著遺憾，因為謊言就是謊言，永遠是謊言。即使善意的謊言也是謊言。這一點請予以注意。」

媽媽說：

「幹嘛不抽出時間和他玩一會兒，別去跟他講大道理？或至少和他說說話？說話，你記得嗎？兩個人坐在一起，他們都在說，都在聽？都在努力弄明白對方的意思？」

爸爸拿起紙袋，把它抱在懷裡，好像它是個啼哭的嬰兒。他把紙袋從廚房拿到作為父母臥室、父親書房、我們的起居室的那間屋子。書架依牆排列，從地面排到天花板。沒有空間掛上一幅畫或者擺放一件裝飾品。

爸爸的書架按鐵打的邏輯，根據主題、領域、語言，以及作者姓氏的字母排列成幾個部分，下設分部。圖書館裡最高的軍銜，是陸軍元帥和將軍，那是一卷卷特藏書，總令我在顫抖中肅然起敬。這些書厚重、珍貴，包覆豪華的皮革。我的手指在它們那粗糙的皮面上，找到燙金字母留給人的快感，真像福斯電影公司新聞短片裡某位陸軍元帥的前胸掛著的一排排亮晶晶的勳章和獎章。當爸爸檯燈的一束光線落在它華麗的燙金裝飾上時，搖曳的光亮在我眼前跳盪，彷彿在邀請我加入其中。這些書是我的王子、公爵、伯爵和男爵。

再往上，就在緊挨著天花板的架子上，駐紮著輕騎兵：那是各色封面的期刊，按照主題、時間和出版國家排列。這些騎兵身穿顏色奪目的輕便袍子，與指揮官的沉重盔甲形成鮮明對照。

在陸軍元帥和將軍們的周圍，站立著大群旅團軍官，那是書脊粗糙、堅固的圖書，包有結實的布面，上面布滿了灰塵，有點褪色，如同穿著汗涔涔、髒兮兮的迷彩作戰服，要不就像接受了戰火與艱難困苦考驗的舊旗布。

有些書的布封面與書體之間露出一道細縫，猶如東宮吧女的乳溝。如果我向裡面偷看，只能看到留香的黑暗，捕捉到書體氣息的微弱回聲，隱隱約約，令人著迷，不得接近。

軍銜低於布封面軍官書籍的是上百冊普通圖書。這些書的封面為粗糙的卡紙板，散發著廉價膠水的味道——是圖書館裡灰棕兩色的陸軍二等兵。據我估計，甚至比這些二等兵地位更低的，是半正規民兵那群烏合之眾：那是未裝訂的圖書，其紙頁由無精打采的橡皮筋或者寬膠帶條攏在一起。還有一些不光彩的匪幫，用蛻變了的發黃紙張包著。最後，在它們之下，在書架的最低一格，是地位低之又低的似書非書，那是許多混雜在一起的小冊子、選印本、傳單，在書架的最低一格——擠在書架最底層的流浪平民，無家可歸的窮人，等候爸爸把它們送到沒人要的出版物收容所。與此同時，它們被暫時安頓在這裡，這是出於仁慈，而不是出於權利。它們被堆積起來，擠在一起。等到今天或是明天，東風伴著沙漠飛鳥把它們的屍體捲走。等到今天或是明天，最晚到冬天來臨之際，爸爸會抽出時間硬著心腸整理一番，把這些仁慈的箱子（小冊子、報紙、雜誌、期刊、活頁文選）扔出家門，給其他乞丐騰出地盤，它們很快就會到達（可是爸爸向來憐憫它們。他本人一遍遍許願說要將其分類、選擇，扔掉一些，但是我覺得沒有任何一頁印著鉛字的紙會離開我們家，儘管已經爆滿）。

一股纖細、散發著塵土氣息的味道在這些書架上盤旋，猶如某種狂暴而又令人興奮的異域空氣留下的沉積物。時至今日，你可以帶我去一個放滿圖書的房間，即便我閉上雙眼，堵上雙耳，我也總能立即毫不猶豫地說出這是一個放滿圖書的房間。我不是用鼻孔而是通過皮膚來接納舊圖書館的氣息，某種使人冥想的莊嚴場所，充滿了比其他任何灰塵都要纖細的書塵，夾雜著舊紙張散發出來的味道，混雜著古往今來的膠水味，濃烈刺鼻的杏仁味兒，略帶酸味兒的汗氣，令人陶醉的以酒精為主的黏合劑，一陣遙遠的海藻和碘酒世界的氣息，濃烈油墨中含有的些微鉛味兒，被潮濕與黴味侵蝕了的腐爛紙張味，碎作塵泥的廉價紙張味，與刺激味覺的進口精美紙張散發出的馥郁奇異、令人眩暈的芬芳形成對照，整個蒙上了一層經年凝滯、困在一排排書架和後面牆壁之間的祕密所在的灰濛濛氣體。

在爸爸書桌左邊的寬大沉重的書架上，排列著體積龐然的參考文獻，好似隱匿在後方的強擊部隊的救援大炮。那是各種語言的多卷本百科全書、字典、巨大的聖經詞語索引、一本地圖冊、辭典和手冊（還有一本題為《索引之索引》的書，我希望從中找到深藏著的祕密，但實際上它裡面除了成千上萬奇奇怪怪的名字，什麼也沒有）。百科全書、字典和辭典幾乎都是陸軍元帥和將軍，也就是說華麗的多卷本圖書，封面是皮製的，上面有我的手指渴望摩挲與愛撫的燙金字跡。我為之著迷，不僅在觸摸它時產生了一種快感，也渴望得到不可企及——因為書是外文的——的浩瀚知識，關於十字架、輕騎兵、教堂尖塔、森林、村舍和山牆等諸多事物的知識。相形之下我自己又算什麼？不過是個年輕的希伯來地下戰士，其人生致力於驅逐外國壓迫者，但其靈魂又受壓迫者困擾，因為這個壓迫者也來自擁有河流與森林的土地，那裡鐘樓驕傲地聳立，風標平靜地在屋頂上旋轉。

在皮製封面的燙金字母周圍，是帶有裝飾性的小花和枝狀花紋，出版社或圖書館的標誌。在我看來，它們似乎是許多莊嚴氣派的住宅的徽章和紋飾。甚至有長著羽翼的龍和一對暴怒的金獅，支撐著合攏或者鋪開的卷軸，或者壓印著動物，不然就是扭曲的十字架，猶如我們在聖經課上學到的彎彎曲曲辛辣的蛇。

偶爾，爸爸會把手放在我的肩膀上，邀請我參加由他導遊的旅行。這是阿姆斯特丹稀有版。這是羅姆遺孀與兄弟印刷的《塔木德》。這是不復存在的波希米亞王國的國徽。這個封面是鹿皮做的，因此看上去是粉的、肉色的。我們還有猶太曆法五四九三年（相當於西元一七三三年）的珍藏版，也許來自偉大的摩西．哈伊姆．盧札托㊶的圖書館，他自己甚至為此親力親為。即便在守望山國家圖書館的稀有版中，也沒有比

㊶摩西．哈伊姆．盧札托（Moses Hayyim Luzzatto, 1707-1746），十八世紀著名的義大利猶太學者、拉比。

得上它的，誰知道呢，也許整個世界上還有十幾冊，也許只有七冊，甚至更少（爸爸的話讓我想到亞伯拉罕和上帝就所多瑪㊷有多少義人而展開的爭論）。

從這裡到這裡是希臘文的。上面那一格是拉丁文、古羅馬文字的。那邊，順著北牆，展現的是斯拉夫語的世界，其特有的字母表令我感到神祕。這裡是法語和西班牙語部分。那邊那架，看起來沉悶而嚴肅，好像穿著正式服裝，是德語世界的代表，在自己的角落裡竊竊私語（複雜的波狀字母，「這是哥德式字母。」爸爸說道，並沒有精心闡釋，這種哥德式的筆跡在我看來就像路徑縱橫交錯的邪惡、複雜的迷宮）。而那邊，在一個玻璃鑲面的書櫥裡，我們祖先們（從來沒有女祖先，只有男祖先，是古老的幽靈）的文獻彙編擠作一團：《密西拿》、兩部《塔木德》（《巴比倫塔木德》和《耶路撒冷塔木德》）、律法和訓誡、讚美詩和天使學、聖經評注《邁克立塔》和喀巴拉經典《光輝之書》、問詢和釋疑解答、詞彙和語法、《知識教誨》和《以便以謝》㊸、《生活之路》以及《決斷胸牌》、寓言、聖徒的生活，構成某種黑沉沉的郊區，一種怪異的陰鬱風光，猶如暗淡的燈籠照著亂七八糟的茅舍。然而，它們對我來說又不完全陌生，因為這些遠親，即使是像《托塞夫塔》、《布就筵席》、《約西伯恩》或者《心靈之書》等怪誕的題目，一旦用希伯來文字母寫成，至少也給我某種權利思考在布就的餐桌上放什麼，或者那些人應承擔什麼職責。

接下來便是歷史部分：那是四個擠得滿滿的書架。在其中一個書架裡，一些避難者圖書被擠壓著，這些晚來者沒有找到棲居地，不得不得過且過，不牢靠地倚在先於它們很久便已站穩腳跟的前輩們的肩膀上。其中兩個書架放的是民族史圖書，另兩個書架放的是猶太民族的圖書。我在放民族史圖書的書架最底層，找到了關於人類文明的書，關於文明起源的書；在旁邊書架的上方，找到了關於古代史的書，接下來是有關中世紀歷史的書（令人毛骨悚然的畫面，身穿黑袍、戴著邪惡口罩的醫生朝黑死病患者彎下腰）。在這些圖書上面，沐浴在明媚的日光中的，是關於文藝復興和法國革命的圖書。再往上，快到屋頂了，是關於十月革命和世界大戰的圖書。我要努力攻讀這些圖書，以便從以前將軍們的錯誤實踐中汲取教訓。但那些書我看不懂，因為它們是用外文寫成的，然而我一頁頁地瀏覽，不知疲倦地尋找插圖和地圖。其中許多東西迄

㊷聖經記載，上帝認為所多瑪城的居民罪惡深重而欲將其焚毀。
㊸此處依照《聖經和合本》翻譯，字面翻譯為「幫助之石」，指上帝樂於在先知撒母耳祈禱的地方幫助他的子民。

今仍舊鐫刻在我的記憶中：出埃及；耶利哥城垣傾圮；溫泉關戰役——閃耀的陽光映襯著一片片長矛、投槍、梭鏢和頭盔；亞歷山大大帝的征程路線圖，還有那無畏的利劍，從希臘邊陲通向波斯，甚至通向印度；異教徒在小鎮廣場被焚的照片，火舌已經舔噬他們的雙腳，然而他們虔敬而精力集中地閉上雙眼，彷彿他們終於聽到了天國的音樂；猶太人被逐出西班牙——一群群的難民扛著包袱，拿著拐杖，擠在行駛於波濤洶湧大海上的一艘破船，船上雲集著僧人，他們似乎為猶太人遭放逐的命運而欣喜；不然就是散居在東方的猶太人詳細分布圖，在薩洛尼卡、士麥那和亞歷山大形成密集的圈子；阿勒頗一個舊猶太會堂的生動彩照；地圖邊上是葉門、印度的柯枝、衣索比亞（當時叫作阿比西尼亞）等地散居著猶太人的遙遠社區；拿破崙在莫斯科的照片——還有拿破崙在大金字塔腳下的照片——一個身材矮小的胖子，頭上戴著三角帽，一隻手無畏地指向穿越地平線的廣袤天宇，另一隻手羞怯地藏在大衣裡；哈西德㊹及其反對派之間的戰爭，面目猙獰的拉比肖像，哈西德派庭院的詳細分布圖，以及撤離時的防禦線，在防禦線後面，退卻的米特納蓋德派教徒修築塹壕，沒有放棄抵抗；關於探索與發現的故事，揚帆遠航的船隊，那雕刻著圖案的船頭穿過不知名群島中的海峽，不可進入的大陸、帝國、中國的長城、無人可以進入並生活在那裡的日本王宮，身穿羽毛、鼻子上插著骨頭的野蠻居民；畫有捕鯨者、極地海洋和白令海峽的地圖，上面有阿拉斯加和莫曼斯克；這是希歐多爾．赫茨爾㊺斜倚在一根鐵欄杆上，驕傲而出神地盯著流經他腳下的湖水；緊接著赫茨爾之後，出現了第一批拓荒者，他們數量少，可憐兮兮，如同橫遭遺棄的羔羊，蜷居在除沙丘和歪向一邊、孤零零的橄欖樹之外一無所有的荒涼土地上；這是一張早期猶太人居民點的地圖，東一塊、西一塊，地方很少，然而其範圍卻一張地圖接一張地圖地擴張，實力也是一張圖表接一張圖表地增強；這是列寧，頭戴帽子，正在演講，喚起正揮動拳頭的人們的熱情，這裡的列寧看上去有點像我們自己的魏茨曼博士㊻，他一直在懇求英國人，而不是與之進行戰鬥（鄧洛普士官呢？我們是不是也與之進行戰鬥呢？）；這裡是一張關於納粹集中營的地圖，裡面有瘦骨嶙峋的猶太倖存者的照片；這是著名戰役的示意圖，托布魯克、史達

㊹哈西德派：十八世紀出現在東歐的一個虔敬的猶太教派。米特納蓋德派是哈西德派的反對派。
㊺希歐多爾．赫茨爾（Theodor Herzl, 1860-1904），猶太復國主義先驅。
㊻哈伊姆．魏茨曼（Chaim Weitzmann, 1874-1952），猶太化學家、政治家，第一任以色列總統（一九四九至一九五二年）。

林格勒、西西里島；這裡終於看到了行進中的猶太特種部隊，袖子上佩戴著六角大衛星的希伯來鬥士，他們行進在非洲，行進在義大利；還有些是山丘上、沙漠裡、峽谷中有著塔與柵欄的基布茲照片，勇猛無畏的拓荒者騎著馬，或者開著牽引機，胸前斜掛著鋼槍，臉上顯得沉著而勇敢。

我把書合上，再放回原處，而後又拿起另一本書，再次翻開書頁，專門尋找插圖和地圖。一、兩個小時過後，我有點陶醉，想到地下室的黑豹，感覺到自己一心一意，清清楚楚意識到該怎麼做，該為什麼奉獻自己的生命，原因何在——一旦那一刻真正來臨，我將為之獻身。

在那本德國大地圖集的前頁，甚至在歐洲地圖之前，是一張令人目眩的關於整個宇宙的地圖，星雲向遠方延伸，無法探測，無垠的天空上散布著不知名的星星。爸爸的圖書館酷似那張地圖。它包含著我們熟悉的星體，但是它也擁有神祕的星雲，立陶宛語和拉丁語，烏克蘭語和斯洛伐克語，甚至擁有非常古老的語言，叫作梵語。還有阿拉米語、意第緒語，意第緒語是希伯來語的某種衛星，毛毛糙糙、坑坑窪窪的球體，暗淡蒼白，在我們頭上，在支離破碎的雲朵中飄流。與意第緒語相隔極遠的地方，有越來越多的天空，那裡《吉爾伽美什史詩》在遠方閃爍，《埃努瑪．埃利什》、荷馬史詩和《流浪者之歌》㊼，以及許許多多奇妙的詩歌，比如說，《尼伯龍根之歌》、《海華沙之歌》、《卡勒瓦拉》㊽。但丁、孟德斯鳩、喬叟、謝德林、阿里斯托芬、惡作劇的狄爾，當我口中滔滔細數這些悅耳的名字，細聲細氣，輕輕地吐字，舌尖和上顎就會打顫。我憑顏色、封面、位置及其星系一一認出它們，並知道誰捱著誰。

而我呢？我在這個廣袤的宇宙中究竟是誰？一個瞎眼的黑豹。一個無知的野人。一個終日在特里阿扎森林周圍消磨時光的無賴。某位可憐的本．胡爾手中的一個可憐玩物。從今天起，從今天上午起，我把自己關閉在這些圖書當中。

關上十年？

三十年？

深深吸口氣，一頭潛入水井深處，開始破解一個個謎團？

在這些我剛要破解其怪異名字的卷帙浩繁的巨著中，包含有多少令人迷惘的祕密，那該是怎樣漫長的旅程。我甚至無法想像，在哪裡找到與裝有保險箱鑰匙的那個

㊼又譯《悉達多》。

㊽又譯《英雄國》。

寶盒的鑰匙拴在一起的鑰匙鏈第一環，因為通往最外面庭院的鑰匙也許就放在保險箱裡等待我拿取。

首先我必須克服羅馬字母帶來的困難。媽媽說用不了半個小時她就可以教會我。再來，如果我在晚飯後幫她洗碗，她保證教我西瑞爾字母。在她看來，她可以用一小時或一個半小時就能教會我。爸爸則承諾說希臘字母與西瑞爾字母非常相似。

之後我也要學習梵語。

我還要學習另外一種方言，爸爸把這一方言叫作「標準德語」，他把它翻譯成「高地德語」。

高地德語具有舊時風韻，那是城牆環繞的城鎮風韻，在這座城鎮裡，建有木製吊橋，橋頭守護著圓錐頂的雙子塔樓。在這些城鎮的城牆內，居住著身穿黑袍、已經禿頭、一絲不苟的學者，他們夜以繼日，坐在連唯一的窗子也緊閉的小屋裡，藉著燭光或油燈光閱讀、研究與寫作。我會像他們那樣：小屋，格窗，夜晚的燭光，書桌，一堆堆的書，在靜謐之中。

書架在很大程度上減少了房間的面積。房間並不大。在這個房間裡，在一排排的圖書之下，是我父母的床。夜晚，他們把它拉開，睡在上面，早上，又像合上一本書那樣把它合上，床墊收了回去，於是它就變成了一張綠面沙發。沙發上有五個繡花靠墊，我在指揮巴爾．科赫巴㊾武裝衝向丘比特神廟腳下、制伏羅馬帝國時，把它們當作五座山丘。還有一次，它們代表著俯瞰通往內蓋夫的山丘，或者是我穿越七大洋抵達南極洲去追捕的鯨魚。

在沙發和爸爸的書桌之間，在書桌和咖啡桌以及兩把柳條凳子之間，在它們和媽媽的搖椅之間，分布著運河或海峽，它們在搖椅腳下的小地毯上匯聚起來。這樣的家具布局給我提供了迷人的機會來部署艦隊或陸軍，在密集的建築群內發動突圍、側翼包抄的行動，以及襲擊、埋伏和頑強的抵抗。

爸爸把牛皮紙袋放到一個他巧妙選定的地方，放在一排譯成波蘭文的世界文學精選圖書中央。這一系列圖書擁有淺棕色的封面，因此紙袋混在書裡幾乎看不到。就像一條真龍，身處長滿龍一樣參天巨樹的熱帶雨林裡。他一遍遍向我和媽媽重複他的警告：不許摸，不許靠近。整座圖書館從此禁止入內。如果有人需要哪本書，也許要有

㊾巴爾．科赫巴（Bar Kochba）：西元二世紀率領猶太人反對羅馬統治的領袖人物。

勞自己向他發出請求（我覺得這是一種侮辱。不得不說，媽媽也許會犯下錯誤，或在擦拭灰塵時忘記她在做什麼，可是我呢？我對整座圖書館瞭若指掌。我可以指出每一分部、每一地區，以及祕密所在。我幾乎可以像爸爸一樣找到所有東西。猶如一隻小黑豹，身處在它出生和成長的那座叢林裡）。我決定不去抗議：等到早晨八點，他們二人都會出門，我將是整個王國的最高指揮官，包括龍的領地，包括龍本身。

18

第二天早晨，房門剛在他們身後關上，我便向那個書架靠攏，站在離它只有一步之遙的地方，沒有觸摸。我盡量弄清楚紙袋是否散發出微微的化學氣味，至少是隱隱約約的氣味。但是周圍只有圖書館的氣味、膠水的氣味，以及舊日歲月的灰塵氣味。

我回到廚房，收拾起早上的剩飯，清洗過碗碟，把它們放在那裡晾乾。我從一個房間走進另一個房間，關上百葉窗和窗戶，免得夏日的炎熱瀉進房間。而後，我開始巡查從門口到藏匿地點之間的位置，來來回回，我是地下室的黑豹。我無法完全回到直至昨天我還一直努力制訂的攻擊政府機構的計畫中去。那個棕色紙袋，偽裝成波蘭文版的文學精品，無辜地睡在書架上，猶如某種潘朵拉的盒子令我著迷。

開始，那誘惑微弱而羞羞答答，幾乎不敢向我暗示我真正需要什麼。但是逐漸的，它變得比較大膽，比較清晰，舔舐著我的涼鞋尖，輕搔我的手掌心，肆無忌憚地召喚我，恬不知恥地拉我的衣袖。

誘惑猶如打噴嚏，沒有任何來由，鼻子底下隱約有不舒服的感覺，而後逐漸占據了主導地位，直至無法遏制。誘惑通常始於小型巡查，查看地表、模糊而不明確的激情的某些微小漣漪，在你還不知道需要做什麼時，便開始感到內心世界逐漸發熱，就像你打開電爐，電熱絲還是灰的，但電爐已經開始發出陣陣噪音，而後它微微發紅，緊接著紅色越來越深，很快便憤怒地燃燒起來。你被一種魯莽的神志不清左右著：怎麼了？究竟怎麼回事？為何不？會有什麼損害？猶如你的內心深處響起某種朦朧、猛烈而恣意的聲音，勸誘你，祈求你：來吧，為何不？就把你的指尖放在極為靠近祕密紙袋的表面，就感覺一下，不要觸摸，就用接近手指甲的皮膚毛孔感覺一下裡面會發出什麼看不見的東西。它是熱的，還是冷的？是輕輕震動的嗎，像電一樣？那麼，為何不去探一探？究竟怎麼回事？摸一摸，就摸一下，會有什麼損害？要輕輕地，還是極其迅速？畢竟，這只是外包裝，是毫無特色，和任何其他包裝紙一樣，堅硬（還是柔軟？）、光滑（還是有點粗糙，就像撞球桌的綠色檯面呢？）、平坦（或者不完全平坦，也許有些看不到的隆起，給你的手指某種無法想像的暗示？）。摸摸又有何妨？非常輕，似摸非摸。就像你正在感覺寫著「油漆未乾」的長凳或者柵欄。

事實上，也許不止是摸一下：小心翼翼地戳一下？溫柔地戳一下。就像醫生的手輕輕地觸摸腹部，弄清楚什麼地方疼痛，軟軟的還是硬邦邦的。或者像一根手指仔細地摸一個梨，熟了沒有？硬的？快要熟了？事實上，把它從書架上拿下來一會兒又有什麼錯？就十秒鐘，或者不到，只是在手裡掂一掂不行嗎？檢查一下它是輕還是重？密集的還是硬挺挺的？是部辭典，還是像平裝期刊？或者像包在稻草或棉花或木屑中的易碎玻璃物品，因此你可以透過柔軟的包裝感覺到包裝材料的柔軟和物品本身的堅硬？也許它裝滿了沉甸甸的、會往下墜的物質，就像裝滿鉛的盒子？也許證明它是某種毛皮似的物質，透過棕色的包裝紙，回應並順從你的手指，在你雙手間彎曲，像床墊、泰迪熊、貓？它究竟是什麼東西？只是觸摸的暗示，用指尖輕吻；只是薄霧般的暗示，嘴唇般的暗示；只是一絲輕撫，似撫非撫，而後輕輕一戳，非常迅速，非常輕微地縮回來，就像這樣，於是你既可以感受到紙袋的兩面，又可以用手指觸碰黏答答的包裝紙。究竟是什麼？為何不把它從書架上取下來，在懷裡抱一下，猶如戰士運送在戰場上受傷的同袍？看在上帝的分上，小心不要撞著家具，不要擊打它，不要讓它從你的懷中滑落。看在上帝的分上，不要忘記哪面在上。記住要用手帕，免得留下手印，而後再換掉手帕，以防吸收了什麼蒸發物質。

顯然，這物體涼涼的，非常堅硬，長方形，與包在紙裡的書一模一樣，光滑但並不容易滑落。它也重重的，似乎像一本厚書：比詞語索引要輕，但是比報紙要重一點。

就這樣，我的渴望結束了。我自由了。誘惑擁有了它的獵物，現在可以離去了，心滿意足了，我終於可以回頭工作了。

然而我錯了。

恰恰相反。

猶如一群獵狗聞到了血淋淋的肉香，嘗到了肉味，變成了一群狼，我把紙袋放回原處十分鐘之後，誘惑又意想不到地從無保護的側翼襲擊了我。

把本・胡爾招來。讓他到這裡來。

把我們家正藏有東西的祕密告訴他。如果他不相信，我就給他看紙袋，讓他目瞪口呆，這樣一來我也終於能親眼看到豹子表面的冷漠變成了目瞪口呆的驚愕。那雙恐怖的、通常懶得張開的薄嘴唇，會在驚奇中張大。那時，東宮事件將猶如在烈陽中消散的晨霧，逐漸消失。我會迫使他發誓，永遠不要洩漏看到了什麼。即便是對奇塔。不管怎麼樣，只許他看一眼紙袋，而後他必須立刻忘記看到了什麼。

可是他不會忘記。永遠不會。這樣，在日後籠罩著我們倆會遭受監禁威脅的陰影中，我們會再次被一種敞開心扉的牢固友誼鎖綁。就像大衛和約拿單。我們會一起暗中刺探情報，搜集祕密素材。我們甚至一起跟隨鄧洛普士官學習英語，因為掌控了敵人語言的人，也掌控了敵人的思維方式。

我突然產生了一種奇怪的、近乎無法忍受的感覺：在這個家裡，整個白天，只有我一個人統治著表面狀似無辜、隱藏在那個書架上世界文學精選中的紙袋裡安睡的肆虐颱風。

不。本．胡爾不可能來。就我一個人做吧。不用他了。

臨近中午時，新的、瘋狂的誘惑突然出現，猶如雷暴在我腹胸中翻滾：現在一切都在你的掌控之下。從現在開始，如果你真的想做，一切都有可能，全部均取決於你的心願。帶走這個特殊的紙袋。你可以找一個與它一模一樣的紙袋，用這樣的紙袋裝著一本書，放到它在文學精選書架上的位置，誰都不會知曉。即便爸爸也不會。

你作為人子，拿起這一具有破壞性的裝置，放進書包，直接帶到政府機構，將它和電線一起安裝在停車場裡最高指揮官的車子下面；不然就站在大門口等候，等他出來，把它扔在他的腳下。

要不這樣：耶路撒冷的希伯來少年把自己炸死，以便喚起世界的良知，抗議對他家園的蹂躪。

或是純真地請求鄧洛普士官把禮物帶到刑事調查部長官的辦公室——不行，他本人可能會被炸，或者受到牽連。

或是將其安裝在我們火箭的頂端，威脅說，如果不解放耶路撒冷，就把倫敦從地圖上炸掉。

還是就剔除本．胡爾和奇塔，因為他們終究會知道的。

如此這般，直至一點鐘，一個令人毛骨悚然的誘惑揚起了它惡毒的頭，如同鼴鼠，鑽入我的體內，盲目地啃噬我（我在字典中查到，希伯來語中專門形容這一吮吸的詞語，具有引誘吸吮，藉以擺脫限制、屈從於罪孽召喚之意的，就是「誘惑」。它就如同橫亙於「煽動」與「吸引」之間的十字架）。

這一誘惑殘酷地抓住我不放，牽動著我的心，並通過肋骨牽動著我的膈膜，滲透到我最隱祕的部位，可怕地堅持、懇求，討好地示意，小聲說出滾燙的承諾，令人愜意的邪惡的甜蜜，我從未品嘗或只在夢中品嘗過的祕密快樂。

乾脆把紙袋留在世界文學精選當中吧。一根指頭都別去碰。出去。鎖上家門。直接去東宮。

如果他不在那裡，那就算了，就當它是個徵兆。但如果他在那裡，也是個徵兆，我得繼續下去——正是這樣的徵兆，令人反胃的甜蜜將會氾濫並成形。

我將告訴他我們家裡藏了什麼。

問他該怎麼辦。

按照他的吩咐去做。

這又是一種誘惑。

快到四點鐘的時候，有那麼一剎那，我差點要出發了。

但是我想方設法抗拒。我沒有去東宮，而是吃了冰箱裡的一個肉丸、一些豆子，還吃了兩個馬鈴薯，都是冰涼的——我沒耐心把它們加熱。接著，我從外面關上父母的房門，又從裡面關上自己臥室的房門，沒有躺在床上，而是躺在床和衣櫥之間那牢房般大小的冰涼地面上。藉著透過百葉窗滲漏進來的梯形陰影及長條光線，我看了一個半小時的書。這本書我已經瞭解了，它寫的是麥哲倫和瓦斯科·達伽馬，群島，峽灣，火山，茂密的林地。

19

我將永遠不會忘記恐懼的苦痛：它就彷彿一個冰涼的鋼環，緊緊繞住我跳盪的心房。一大早，報童已經來送過報紙，可是送牛奶的還沒有來，在破曉的聲聲鳥鳴中，一輛帶喇叭的英國裝甲車沿街行駛，把我和大家都吵醒了。他們用英語和希伯來語廣播，六點半開始宵禁，解禁時間另行通知。如果有人外出被發現了，他就會有生命危險。

我光著腳，在眼皮還黏在一起的時候，爬到了我爸媽的床上。此時此刻，我感到全身冰冷不已；並不是因為室內溫度寒凍，而是被鬼魂附身者的預言給攫住了。我無法克制自己去想：他們會發現。很快就會發現。那是多麼可笑的藏匿地點——其實，它根本就不是什麼藏匿地點，只是把一個淺棕色的紙袋插進了一排封面略淺的書中而已。然而，那紙袋卻是又厚又寬又高，因此在書中顯得相當突出，就如同一個用粗布把自己裝裹起來的歹徒，突然擠進了修女的隊伍之中。我想到爸爸、媽媽會被關進俄國大院⑳，或是被帶到阿卡監獄；他們甚至可能會被流放到賽普勒斯、模里西斯或者厄利垂亞，也有可能被帶到塞席爾群島。「放逐」一詞猶如匕首，猛力地刺穿了我的胸膛。

我孤零零一人在家裡會做什麼？正如我所知，這個家很快就會由小而舒適變得大而邪惡，一夜夜、一週週、一年年，孤零零一人在家，孤零零一人在耶路撒冷，完全孤零零，因為我的祖父母（父母雙方的）、姨媽和伯伯們都被希特勒殺害了，等他們到了這裡，會把我從放掃帚的櫥櫃裡那可憐的藏身地點拖出，把我也給殺了。醉醺醺的反猶英兵，或是好殺戮的阿拉伯幫，都會殺了我。因為我們是少數，我們是正確的——我們始終正確，但我們始終是少數，正四面受困，在世界上沒有半個朋友（鄧洛普士官除外？你去他那裡刺探，從他那裡竊取祕密。叛徒，叛徒，命該如此）。

我們三人在床上躺了一會兒，沒有說話。直到爸爸平靜的聲音傳來，那聲音像是在黑暗的房間裡繪出常識的圓環。

「報紙。我們還有三十二分鐘。我確實有時間去取報紙。」

媽媽說：

「拜託你待在這裡。不要去。」

我支持她，盡量讓聲音更像爸爸，不像媽媽：
「真的不要出去，爸爸。為取報紙而冒險確實不理智。」
過了一會兒，他回來了，仍然穿著藍色睡衣、黑色拖鞋，不以為然地微笑著，好像他為我們在叢林中獵取獅子後歸來。他把報紙遞給媽媽。
我幫他們摺起床，床一合攏，就立刻偽裝成誠實的沙發。它沒有什麼可疑的，甚至不要想像它有完全私密的內在空間——隱藏起來的床墊、枕頭、床單和睡衣。聽都沒聽說過。
我把五個靠墊擺放在沙發上，完全等距離。我也把自己的床收拾好。我們還草草漱洗、穿衣，把一切收拾穩當，整理桌布，甚至把媽媽的便鞋塞到沙發底下，自始至終都遵守著某種不言而喻的協議，謹防看向紙袋的所在。由於某種原因，紙袋在夜裡決定自己要引人注目。它突出地站立在波蘭文的世界文學精選中央，就像中學裡早上

㊿ Russian Compound，耶路撒冷中心最古老的區域之一，建於一八六〇至一八九〇年間，原來包括俄羅斯東正教會的一個大型教堂和幾個昔日的朝聖旅館，一九〇三年又增加了尼古拉朝聖者濟貧院。一八九〇年後，周圍築起圍牆，因而稱為「大院」。

點名的笨拙士兵。就在媽媽要整理花瓶裡的花，爸爸正更換書桌上吸墨台下面的報紙，叫我去廚房布置桌子時，傳來了敲門聲。爸爸立即回應，講的也是英語，並且彬彬有禮：

「請等一下。」

他打開門。

我吃驚地看到他們只有三個人：兩個普通士兵（其中一人臉上有塊燒傷的疤痕，因此半邊臉是紅的，像屠夫的肉），一個窄胸、瘦長臉的年輕軍官。三個人都身穿長短褲，卡其色的襪子與短褲在膝蓋附近幾乎交會。兩個士兵手持衝鋒槍，槍管朝著地面，彷彿因為不光彩而低垂著眼簾。軍官則拿著一把手槍，也把槍口朝下；手槍看上去與鄧洛普士官的手槍一模一樣（也許他們是他的熟人或者朋友？要是我立刻告訴他們我是鄧洛普士官的朋友會怎麼樣？他們會放棄搜查，甚至和我們一起吃早飯嗎？那樣我們就能和他們說說話，最終讓他們睜眼瞧瞧他們使我們遭受的不公正待遇）。

爸爸在說「請進」時，帶著尤為明顯的殷勤。瘦軍官驚詫片刻，彷彿爸爸的殷勤把搜查這戶人家變成了極其粗魯的行動。他為這麼早就來打擾我們請求原諒，解釋說，不幸的是，他有責任迅速查看一下，弄清一切是否正常。他不假思索地把手槍放回槍套，扣上釦子。

他方和我方都有片刻的躊躇，不清楚接下來要做什麼。在檢查之前，他方和我方還需要說些什麼嗎？

當俄巴迪亞大街診所裡的格里皮尤斯醫生為我體檢時，她總是難以找到恰當的詞句，讓我把衣服脫得只剩下內褲。媽媽和我會耐心地站在那裡，等待她鼓起勇氣，用帶德語口音的粗啞希伯來語說：「請脫下所有衣服，只是不需要脫內褲。」她說內褲時，顯然侷促不安，彷彿她覺得應該還能找到不太醜陋、不太尖銳的詞彙（實際上，我想她是對的）。建國不久，格里皮尤斯醫生愛上了一個美國盲眼詩人，追隨他去了賽普勒斯。三年後，她孑然一身歸來，重新出現在我們的診所，只是模樣有些變化，平添幾分苦澀與瘦削。儘管她實際上沒有消瘦——也許是人縮了，枯了——但正如我以前所說，沒有規則我就無法生活，甚至無法入睡。因此，格里皮尤斯和她的美國盲眼詩人，她從法馬古斯塔帶回的長笛，以及她有那麼兩、三次在早晨吹出的奇怪曲調，她的第二任丈夫（一個甜食進口商兼抗健忘專利的發明者），還有形容身體私處和內衣細目的詞彙是否合適……等等整個問題，得留待另一個故事再說。

軍官恭敬地對爸爸說話，就像一個學童對老師說話：

「請原諒。我們會努力快一點，但同時我恐怕要請你們不要離開這裡。」

媽媽說：

「我可以給你們倒杯茶嗎？」

軍官充滿歉意地說：

「不，謝謝。我在上班。」

爸爸用他那鎮定、得體的口氣，以希伯來語抗議說：

「你太敬業了。不必這樣。」

從職業角度看，搜查並沒有贏得我的認可（我已經偷偷地慢慢向前走了四五英尺，走到門廳，我在那裡可以觀察到家中的大部分）。

士兵們仔細查看我的床下，打開我臥室的壁櫥，把衣架推向一邊，一一戳弄掛著襯衣和內褲的衣架，掃視廚房，草草看過洗手間，並出於某種原因密集查看冰箱，上上下下查了幾遍，敲打兩處牆壁，同時，軍官檢查爸爸掛在牆上的地圖。臉上有燒傷的士兵在門廳找到一個鬆動的衣鉤，查看它的鬆動程度，直到軍官氣沖沖地說，如果再不小心，就會把衣鉤弄壞了，士兵才順從地不再管它。當他們都走進我父母的臥室時，我們跟了進去。軍官顯然忘了我們應待在門廳一角。圖書館之大顯然令他吃驚，他猶豫著問爸爸：「請原諒，這裡是學校嗎？還是一個宗教膜拜場所？」

爸爸忙不迭地主動予以解釋，當起導遊，媽媽則輕聲對他說：「不要得意忘形了。」但無濟於事。他已經被教書育人的熱潮左右著，開始用英文解釋：

「嚴格來說，這是一家私人圖書館。目的是為了做研究，先生。」

軍官似乎不明白。他禮貌地詢問爸爸是書商，還是裝訂工。

「不，是學者，先生。」爸爸用他那俄式英語一個音節接一個音節地說，又補充說，「歷史學家。」

「有意思。」軍官說，他臉上泛起紅暈，似乎受到了訓斥。

片刻之後，他又恢復了自尊，也許想起了軍銜和任務，他堅定地重複：

「很有意思。」

而後，他問是否有英文書。他的問題冒犯了父親，但也刺激了他，好似把點燃的彈藥扔到了篝火上。傲慢的軍官一箭雙雕，既傷害了爸爸身為圖書收藏家和學者的自尊，又傷害了世界上這個偉大文化民族的歷史地位。這位自負的異族人，是否以為他正在馬拉延村的某個土著陋舍，還是在住滿烏干達部族的茅屋？

隨即，爸爸充滿激情，熱情洋溢，如同正在為猶太復國主義的基本主張辯護。他拉出一本又一本英文書，大聲宣布書名、出版日期和版本，將書一本接一本地塞進軍官的懷抱，就像在聚會上把相交已久的客人介紹給一位新客人。「拜倫，愛丁堡版。彌爾頓、雪萊和濟慈。這是喬叟的加評注版。羅伯特·白朗寧，早期限量版。莎士比亞全集，約翰生、斯蒂文斯和里德版。這裡，這個架子上的，是哲學家的系列。這是培根、穆勒、亞當·斯密、約翰·洛克、貝克萊主教，還有無可比擬的大衛·休謨。這是豪華版的——」

軍官打消了疑慮，有點鬆懈，時不時鼓起勇氣伸出謹慎的手指，輕輕摸摸這些同鄉們的衣裝。與此同時，爸爸洋洋自得地在客人和書架之間來回奔走，從這兒、那兒拿出越來越多的書送到他手裡。媽媽站在沙發旁邊，一次次不顧一切地做出怪表情，試圖向他示意，再過一會兒，他會親手給我們帶來災難。

無濟於事。

爸爸什麼都忘記了。他忘記了紙袋，忘記了地下工作，忘記了我們民族的苦難，忘記了那些世世代代反抗我們要把我們消滅的人，忘記了媽媽和我。他被帶入了無法想像的布道者般的迷狂狀態：英國人基本上是文明而有道德準則的人，如果爸爸最終能夠讓英國人相信：我們，他們的臣民，在這裡，在帝國的一個遙遠的角落受苦受難，我們確實是了不起的、有知識、懂文明、愛讀書、熱愛詩歌和哲學的民族，那麼英國人會立刻改變想法，解除所有誤會。而後，他們和我們將無拘無束地相對而坐，得體地談論一切，談論人生的意義和目的。

有那麼一兩次，軍官試圖插嘴提問，或者只是想離開，繼續執行公務，但世界上任何力量都無法阻止侃侃而談的爸爸。他對世界充耳不聞，繼續以狂熱者的激情，展示他聖殿裡的寶貝。

瘦子軍官只好時不時地嘟囔著「當然」，不然就說「真有意思」，好像他被迷住了。走道裡的兩個士兵開始竊竊私語。臉上有疤痕的那個傢伙傻乎乎地盯著我媽。他的朋友也咯咯笑著抓癢。而媽媽本人則抓住窗簾的下襬，手指絕望地從一個皺褶移向另一個皺褶，把一個個皺褶拉平、揉捏、展開。

我呢？

我的責任是尋找一個祕密方法，警告正在把英國軍官逐漸引向致命書架的爸爸。但是我要怎樣才能做到呢？我所能做的，至少是不往那個方向看——但突然，牛皮紙袋屈從於變成叛徒的衝動，它開始使自己惹人注目，在一排書裡顯得很突出，就像乳牙中長出了一顆犬齒，在顏色、高度和厚度上都與其他牙齒大相徑庭。

誘惑突然間又把我攫住。就像在澤魯巴比爾・吉鴻先生雷鳴般的聖經課上偶然發生的那樣，先是胸口有點感覺，喉嚨發癢，微不足道地動了一下，便停下來，又微微動了一下，便開始強烈起來，按住閘門。我努力堅持了一分鐘，沒用，又堅持了一秒鐘，我閉緊雙唇，咬緊牙關，繃緊肌肉，但是笑聲爆發了，猶如瀑布，滔滔噴湧，因此我不得不衝出教室。那天早晨搜查時，同樣的事情再度發生了，但是，不是發笑的癢感，而是背叛的癢感。是誘惑。

就像你打噴嚏時的感覺，先是從大腦中流出，擠壓鼻子底下，導致眼睛流淚，即使你試圖將其壓下，也顯然白費工夫，它註定要發生。於是我開始引導敵人接近地下組織讓我們藏起來的紙袋，紙袋裡顯然包著希伯來原子彈的爆炸設備，它具有一種潛能，使我們長此以往擺脫永遠做狼群中羔羊的無助命運。

「很溫暖。」我說。

接著說：

「非常溫暖。」「有點涼了。」「不冷不熱。」「又冷了。」「結冰了。」

又過一會兒：

「變暖了。越來越暖。熱了。快要燃燒了。」

我無法解釋。即便是今天。可能是某種模糊的渴望，註定發生的事情終將發生。就像懸在我們頭頂上的石頭將停止晃動。就像拔掉一顆智齒，過去的就讓它過去吧。

因為它難以忍受。

然而，責任感占據了上風。我沒有脫口說出我的熱和冷，只是在心裡說，在兩片閉緊的嘴唇背後說。

英國軍官輕輕地把堆在他懷裡、幾乎碰到下巴的書山放到咖啡桌上。他謝了爸爸兩遍，因為不愉快的惱人之事向媽媽再次致歉，然後低聲呵斥一個正在用手指摸牆上地圖的士兵。當他們離開時，當他們走出房門、而門還未在他們身後關上時，他轉身看著我，突然朝我擠擠眼睛，好像要說：

「我們有什麼辦法？」

他們走了。

兩天後，全面宵禁解除了，之後又恢復成只施行夜間宵禁。這時謠言四起：他們在維特金（巴克萊銀行的維特金）家裡，找到了裝滿子彈的手槍彈盒。據說他們把他銬上送到了俄羅斯大院。而牛皮紙袋兩天後也從世界文學精選中消失。它蒸發了。書架上不再有缺口。一切就像一場夢。

20

我已經說過上了鎖的裝藥抽屜，以及媽媽在地下工作中的角色。在施行夜間宵禁期間，當我在槍聲或隆隆爆炸聲中醒來時，我有時會努力不讓自己再次睡著，即便四處已恢復了沉寂。我緊張地躺在那裡，希望聽到窗外人行道上傳來急匆匆的腳步聲、抓門聲、走廊裡輕輕的說話聲、咬緊牙關遏制下去的疼痛呻吟聲。我的責任是不去瞭解誰負了傷。不看、不聽，甚至不去想像備用床墊夜晚在廚房的地上攤開，黎明前又如何消失。

整個夏天我都在等待。沒有受傷的戰士前來。

還有四天暑假就要結束了，而我即將升上七年級了，我父母去台拉維夫參加一個紀念他們故鄉城市的晚會。

媽媽說：

「好好聽著。雅德娜會來這裡過夜，照顧你，因為我們要在台拉維夫留宿。你要乖啊。別惹人嫌。得幫忙雅德娜。吃光放在你盤子裡的東西。不要忘記，世上還有孩子正在死去，如果他們吃了你剩在盤子裡的食物，就可以再活上一個星期。」

人的肚子裡有個科學尚未發現的小槽，我的大腦裡、心房裡、膝蓋上的所有血液都流進那個小槽，化作海洋，像海洋一樣咆哮。

我扯著嗓子回答，把桌上的報紙疊成兩摺、四摺、八摺。

「沒事的。你們去吧。」

我試圖再對摺一下，但完全不行。

摺疊報紙時，我問自己科學是否找到了一種方法，如果科學尚未找到，我自己是否可以在接下來的兩個小時內找到這種方法，讓人在二十四小時內查無蹤跡，完全消失且不存在。但不只是留下空缺——比方說，就像星際空間——而是消失，但人還要繼續待在這裡，觀看並傾聽一切：充當我，並充當影子。待在這裡，但人又不在。

所以，我單獨和雅德娜在一起時該怎麼辦？我怎麼對待自己不光彩的行為？又是在我們家裡？我應該請求她原諒我嗎？有必要先搞清楚（你怎麼搞清楚，傻瓜？）她是否看到並注意到有人從大街對面的屋頂窺見她？如果她看見了，她是否注意到那個人是誰？我是否真的需要坦白？如果需要，我怎樣才能讓她相信那只是個突發事件？

我真的什麼也沒看見。我當然不是那個聲名狼藉的偷窺男（人們看見他待在居住區的房頂上，大家悄悄議論，一連幾個月也沒抓到他）。我看她時（只有一次！十秒鐘！），我沒有想她的身體，而是在想英國占領者的陰謀。那只是個突發事件（那是什麼？我看見什麼了？什麼也沒看見。黑糊糊的小塊，明亮的小塊，又是黑糊糊的小塊）。也許我可以對她撒謊。撒什麼謊？怎麼撒謊？從那次以後我是怎麼想她的？

我最好閉嘴。

我們倆都最好假裝沒發生過那回事。就像我父母在搜查時隻字不提藏在這裡的紙袋。就像他們對許多事隻字不提，就算那些沉默猶如叮咬，也不能提。

父母三點鐘出發，沒有放過從我這裡獲得一連串的承諾：記住，要注意啊，別忘了。一定，無論如何，尤其要注意，千萬不要這樣。他們離開的時候說：

「冰箱裡裝滿了食物，別忘了告訴她東西放哪兒。好好的多幫忙，別討人嫌。尤其要記住，跟她說我們房間裡的沙發已經給她放成了床，跟她說在廚房裡給她留了張紙條，冰箱塞得滿滿的。你十點鐘之前睡覺，記住用兩把鑰匙把前門鎖好，提醒她關燈。」

我獨自一人等候著。我在各個房間來回走動了上百次，查看一切是否收拾穩妥，是否得宜。我怕——卻又有點希望她忘記了要來這裡的承諾；不然就是她在宵禁之前沒能順利來到，這樣整個夜晚就只有我一個人。而後，我從衣櫥裡拿出媽媽的針線籃，縫襯衫上的一個釦子。不是因為釦子掉了，而是因為釦子鬆了，我不想讓它趕上雅德娜正好在這裡時掉下來。接著，我打算把用過的火柴收起來。為了節省，我們會把用過的火柴放在新火柴旁邊的另一個火柴盒裡，這樣就能重新使用（可以從普賴默斯可攜式煤油爐借火點燃煤油灶，反之亦然）。我把用過的火柴藏在調味料的後面，因為我怕雅德娜會看見，認為我們貧窮或小氣，或不愛整潔。然後，我站在衣櫥後面的立式穿衣鏡前，吸著樟腦球的淡淡氣息——衣櫥裡總是彌漫著樟腦球的氣味，令我聯想到冬天。我往鏡子裡看了一會兒，試圖一勞永逸地做出決定，如同爸爸所要求的，客觀地決定自己長什麼模樣。

我是那種面色蒼白的孩子，瘦削，稜角分明，面部表情多變，眼神焦慮不安。

那是叛徒的模樣嗎？

還是地下室的黑豹的模樣？

一想到雅德娜快長大了，我便感到心痛。

如果她真能瞭解我，也許會意識到我只是被困在多話的孩子殼內，但從那裡面，隱約顯現出——

不，最好到此為止。「隱約顯現」[51]這個詞就像挨一巴掌那樣使人痛苦。我應受這樣的懲罰。如果由於某種原因造成雅德娜今天晚上給我一巴掌，我也許會真的好受些。但願她忘了，但願她永遠不會來，我想。我跑去偷看——也不是偷看——是從衛浴間窗戶的一角看一看，因為你從那裡差不多可以看到街道轉角西諾皮斯基兄弟的雜貨店。但既然來到了衛浴間，我便決定洗洗臉和脖子，不是用我和爸爸的普通肥皂，而是用媽媽的香皂。接下來，我把頭髮用水浸濕、梳理，把頭髮的分線整理得更加筆直，而後我用紙搧著頭，迅速把頭髮吹乾，因為如果雅德娜剛好在這時候來了該怎麼辦。我意識到，我只是為了她才把頭髮浸濕的。我還剪了指甲，不過我星期五才剪過，現在剪只是出於安全起見，可是我後悔了，因為指甲看上去像是被我咬過的一樣。

我等到差九分鐘七點。宵禁就要開始了。從那次以後，我有幾次在等候女人時，總會思量著她們是否會來，如果她來，我們會做什麼，我會有什麼樣的表情，我該對她說些什麼，但是所有的等待也不如那一次——當雅德娜差點不出現的時候那麼的緊張

[51]「隱約顯現」與「偷看」屬於同一詞根。

和殘酷。

我才剛寫下「等候女人」幾個字時便想到，雅德娜那時快二十歲了，而我只有十二歲零三個月，只占她年齡的百分之六十二，換句話說，我們之間隔著她年齡的百分之三十八，正如我用鉛筆在爸爸書桌上的一張卡片所計算的那樣。時鐘已經接近七點，宵禁就要開始了，我已經說服自己就這樣吧，沒希望了，雅德娜把我忘了，理由十分充足。

我做了這樣的計算：再過十年，當我二十二歲零三個月時，雅德娜就三十歲了，我的年齡只是她年齡的百分之七十四，當然比眼下的百分之六十二要好，但還是挺糟糕的。隨著歲月的流逝，我們之間的差距會逐漸變小（按百分比計算），但令人沮喪的是，這種漸漸減少的差距將會減少得越來越緩慢。就像一個筋疲力盡的馬拉松運動員。我連續算了三次，每次差距都減少得越來越慢。在我看來，既不公平又不合邏輯的是，在接下來的一些年裡，我以百分之十的速度迅速地接近她，而後，當我們人到中年或老年時，我們之間的百分比差距會像蝸牛蠕動一樣減少得非常緩慢。為什麼？我逐漸減少差距這一過程本身是否最終會完全停止？永遠停止？（自然法則。沒事。我懂。當媽媽告訴我藍色百葉窗的故事時，她說，過去的自然法則和現在迥然不同。很久以前，地球是扁平的，太陽和星星圍繞地球運轉；現在只剩下月亮圍繞我們運轉了，誰知道有朝一日那個法則是不是也會被廢除？它證明了，一般情況下總是朝壞的方向變化。）

我算出，當雅德娜一百歲時，我將會是九十二歲零三個月，我們之間的百分比差距會降低為不到八（與今天晚上的三十八相比，這並不壞）。但對於一對老人來說，減少我們的年齡差距又有什麼用？

我打消了這個念頭，關上書桌的檯燈，打算把草稿撕碎，扔進馬桶，而後拉動沖水鐵鍊。既然又來到了衛浴間，我決定刷刷牙。從現在開始，我將是個安靜、直率、有邏輯性，且格外勇敢的人。換句話說，如果最後一刻發生了奇蹟，即便宵禁馬上就要開始，雅德娜也終於出現了，我會簡明扼要地向她直說，我為樓頂上的事情感到抱歉，再也不會有這樣的事了。永遠不會。

但是我怎麼能呢？

就在差五分七點時，她來了。她從安吉爾麵包店裡為我們拿來了新烤的麵包捲，她在那裡當店員。她身穿一件夏天的無袖淺色洋裝，上面繪有仙客來圖案，裙子正面是一排大釦子，猶如小孩把光滑的卵石排開。她說：

「本・胡爾不想來。他不說是怎麼回事。普羅菲，你們之間怎麼了？你們又吵架了嗎？」

所有流進肚子小槽裡的血液噴湧出來，熱滾滾地湧向我的臉龐和耳際。即便我自己的血液也背叛了我，在雅德娜面前讓我難堪。對於一個人來說，還有什麼比血液和他更為親近的呢？現在就連我的血液也背叛了我。

「不是私人爭吵，而是決裂。」

雅德娜說：

「啊。決裂。普羅菲，每當你使用那樣的詞語時，聽起來就像『戰鬥錫安之音』廣播。你自己的詞語哪裡去了？你沒有自己的詞語嗎？你從來就沒有嗎？」

「你看。」我非常嚴肅地說。

過了一會兒，我重複道：

「你看。」

「沒什麼好看的。」

「我想讓你知道，這和你弟弟無關，而是原則問題——」

「可以啊，很好。原則問題。如果你願意，我們過一會兒將討論地下工作的決裂範圍和原則問題。但不是現在，普羅菲。」（地下工作！我們的事情她知道多少？誰膽敢告訴她？不然就是她的猜測？）「等一下再說。現在我餓死了。我們來做個瘋狂的晚餐。不要光是沙拉和優酪乳，要比較刺激的東西。」她把廚房仔仔細細查了一遍，查看碗櫥和抽屜，掃了一眼鍋碗瓢盆，檢查冰箱，查看調味料和佐料，審視兩個煤油爐。而後她思忖片刻，朝自己發出各種模糊的聲音，嗯嗯嗯，噢夫，啊哈，而後，仍然沉浸在思考中，像制訂作戰計畫的將軍。她指揮我開始準備一些蔬菜——不，不是那裡，這裡——番茄、青椒、洋蔥，這麼多就可以了。接著，她把砧板放到檯子上，從抽屜裡拿出一把屠夫用的大刀，發現冰箱裡有媽媽給我們留的雞湯，就盛了一杯。而後她把雞肉切成小塊，用炒鍋把油燒熱。她把我給她準備的蔬菜放在滴水板的一角。當油開始冒煙時，她在裡面煎了些蒜片，把雞肉炸得兩面焦黃，直至雞肉、大蒜和熱油混雜的氣味讓我口水直流，以致上顎、喉嚨和胃急迫痙攣。

「你們家怎麼沒有橄欖？我不是說罐子裡的橄欖，傻瓜，是那種蔬菜橄欖。你們家怎麼沒有爛橄欖，就是會讓你有點微醺的那種？等你找到真正的橄欖時，替我拿一些過來。半夜把我叫醒也沒關係。」（後來我確實找到了一些。只是，那是在許多年以後，而我也不好意思半夜把橄欖送去給她。）

當她斷定雞丁已經到了火候，就把它們從炒鍋裡倒出，放到盤子裡，接著再把炒鍋洗一洗，放在爐火上把水吸乾。

「等等，普羅菲，」她說，「再撐一下。這只是序曲。還有，你怎麼不去布置桌子呢？」

而後，她倒了一些油在鍋裡加熱，把飄著蒜香的雞丁放一邊，先煎了一些切得精細的洋蔥。洋蔥在我目不轉睛的凝視下變成了金色，又變成了焦黃色。她又加了放在滴水板上的番茄和胡椒，又在上面撒了些剁碎的歐芹，邊炒邊加進一些原料。很快，我的靈魂痛苦地預見到了那令人愉快的味道。我覺得等不及了，哪怕一分鐘、一秒鐘、喘一口氣的工夫。可是雅德娜笑了，告訴我不要碰麵包捲，什麼也不要碰。破壞胃口會很可惜的。你怎麼啦？怎麼那麼著急？忍著點。她把雞丁放回鍋裡，在油裡翻炒，直到骨頭都入了味，她才把一杯雞湯倒了進去。接下來，就等著開鍋。

經歷了七十七年的痛苦，緩慢得如同熬煎，直等到忍耐瀕臨極限，並且超出極限，直等到趨於絕望，直等到心靈在嗚咽——終於，湯汁開始冒泡、燒開，油開始劈啪作響。雅德娜關了火，撒些鹽，還有一撮黑胡椒末。接著她蓋上鍋蓋，留條小縫，讓挑逗性的蒸氣冒出來。等到雞湯沸騰時，她加了些切丁的馬鈴薯，甚至還加了些更小的紅辣椒丁。她堅定地等到雞湯蒸發掉，只剩下神聖的濃汁擁抱著炒雞丁。此時，雞丁似乎長出了翅膀，變成一首讚美詩、一個夢想。濃郁的味道從廚房飄出，猶如狂暴的聚眾鬧事者，侵占了各個角落，令整間房屋震驚，彷彿這房子存在之後從沒聞過這樣的氣味。

與此同時，渴望、預料和饑餓的痛苦一起燃燒，吞噬著不斷冒出的唾液。我給我們倆布置好桌子，像爸爸、媽媽那樣面對面坐著。我決定把我平時的位置空出來。在布置桌子時，我透過眼角看到雅德娜正在拋動炒鍋裡的雞丁，提醒它們別忘了自己是誰，她還嘗嘗調味汁，調調佐料，用勺子翻動著湯汁到染上了一層奇妙且晶亮的黃銅色或金銅色的食物上。她的手臂、肩膀和整個身體在洋裝裡活生生地舞動，在我媽媽圍裙的保護下，好像她在搖動雞丁時，雞丁也在搖動她。

吃飽後，我們相對而坐，拔小葡萄吃，然後狼吞虎嚥地吃光了半個西瓜，又一起喝了咖啡，儘管我誠實而勇敢地告訴雅德娜他們不許我喝咖啡，尤其是晚上睡覺之前。

雅德娜說：

「他們不在。」

她還說：

「現在來抽根煙。只是我抽。不是你抽。替我找個煙灰缸。」可是沒有煙灰缸，不可能有，因為在我們家禁止吸煙。一向如此。在任何情況下都禁止吸煙。就連客人也在被禁之列。爸爸從根本上反對吸煙的想法。他還強烈主張客人應遵守主人家的規矩，就像一個遊客身處異邦。爸爸用他所喜歡的一句諺語來支撐自己的主張，這句諺語講的是在羅馬的行為之道（多年以後，我第一次到羅馬時，吃驚地發現那裡到處是煙鬼。可是爸爸說到羅馬，通常指的是古羅馬，而非現世的羅馬）。

雅德娜抽了兩根煙，喝了兩杯咖啡（只給我喝了一杯）。抽煙時，她伸出雙腿，把兩隻腳放到我的椅子上，那把椅子今晚空著。我決定有責任立即起身，收拾飯桌，把剩下的食物放回冰箱，洗刷碗碟。唯一不能做的就是把垃圾拿到外面，因為此時正在宵禁。

誰曾經整個夜晚和一個女孩獨自待在房子裡，而此時外面正值夜間宵禁，所有的街道空無一人，整座城市遭到了封鎖呢？當你知道在這個世界上沒人可以打攪你之際，當深沉而廣闊的寂靜像薄霧般籠罩著夜空之際？

我站在廚房的洗碗槽前，用鋼刷把炒鍋底洗乾淨。雖然背朝著雅德娜，但靈魂卻恰恰相反（其實，朝著洗碗槽和炒鍋的是我的背，對著雅德娜的才是我的心）。我就像吞下藥丸一樣地緊閉雙眼，然後冷不防地迅速說：

「不管怎麼說，我為那次的事感到抱歉。樓頂上的事。它不會再發生了。」

雅德娜對著我的後背說：

「肯定還會發生。還有就是怎麼發生。只是別像上次那樣方法拙劣了。」

一隻蒼蠅落在杯子邊上。我希望能夠和牠調換一下位置。

而後，還是在廚房（雅德娜把她的碟子當成煙灰缸），她要我向她解釋，概括地說，我和她弟弟在吵什麼。對不起，不是吵，而是決裂。

我有責任保持沉默。即便遭受酷刑，也要保守祕密。我在許多電影中看到，女人怎樣從賈利．古柏甚至道格拉斯．范朋克[52]等非常堅強的男人那裡套取祕密的。在聖經課上，吉鴻先生以犧牲他的夫人為代價說：「參孫[53]遭到了毀滅，因為他陷入了一個邪惡女人的魔爪中。」你可以想像，我在電影中看到男人不能自持，開始向女人洩漏祕密，總會發生可怕的事情後，一直義憤填膺，這樣的事情絕對不會發生在我身上。

---

[52] 道格拉斯．范朋克（Douglas Fairbanks, 1883-1939）是美國知名演員。

[53] 參孫（Samson），是聖經《士師記》中的一位猶太人士師。

可是那天晚上，我也不能自持，彷彿從我體內又長出了另一個普羅菲，開始神志不清、滔滔不絕地說話，就像《舊約》中所描繪的，「大淵之泉都裂開了」[54]。這位另一個普羅菲開始把一切都告訴了她。我無法阻止他，儘管我盡我所能地請求他打住，但他只是聳聳肩膀，取笑我：反正雅德娜已經知道了，她明確地說出「你們的地下組織」，本．胡爾是叛徒，你我一清二楚。

這位出自體內的普羅菲對雅德娜沒有絲毫隱瞞。地下組織，決裂，火箭，媽媽上鎖的抽屜和爸爸寫的背信棄義的阿爾比恩標語，紙袋，誘惑，引誘，乃至鄧洛普士官的事。難道我處於亢奮狀態是吃了雅德娜在她的炒雞丁裡撒的什麼香精或迷幻藥嗎？要不就是吃了她那稀奇古怪的調味汁？要不就是喝了她又濃又苦的咖啡？電影《地下室的黑豹》中的跛腳偵探就是這樣被人下了迷幻藥的（可是他是次要人物。自然，他們沒能給主角服用迷幻藥）。

但如果她是雙面間諜怎麼辦？假如她是由本．胡爾負責的內部安全和審訊的特別機構派來的怎麼辦？（出自體內的普羅菲嘲笑地說：「怎麼了？男叛徒和女叛徒之間需要保守什麼祕密嗎？」）

雅德娜說：

「好可愛。」

接著又說：

「你真是很特別，不管你描述什麼，我的眼睛都會看到。」

她摸摸我的左肩膀，快到我的手臂上方時，又補充說：

「別難過。只是靜靜地等待，不要巴結他。本·胡爾得回來找你，你想想沒你的話，他還能控制誰？他只是要控制別人。他不先把別人控制了，夜裡就睡不著覺。『控制』這件事，麻煩就麻煩在這裡，你一旦開始控制，就不能真正結束。你不用擔心，普羅菲，因為我覺得你不會這樣。儘管控制可以傳染。還有——」

她停下來，點燃另一根煙，微笑起來，不是朝我微笑，可能是朝她自己微笑，某種內在愉悅的微笑，一種不知道它存在已久的微笑。

「還有什麼？」我壯著膽子問。

「沒什麼。地下組織以及諸如此類的事。提醒我一下我們在說些什麼。我們不是說地下活動嗎？」

㊿ 語出《舊約·創世記》7：11。

正確的答案是：不是。因為在她點煙之前，我們說的是控制欲。儘管如此，我說：

「對。地下活動。」

雅德娜說：

「地下活動。別管地下活動了。你最好繼續學著偷看，只是要比上次聰明些。最好是，普羅菲，你不應該學偷看，而是應該學著提要求。如果你知道怎麼提要求，你就用不著偷看了。麻煩就麻煩在，除了在電影裡，幾乎沒人懂怎樣提要求。不管怎麼說，在這個國家就是這樣。他們不提要求，要不就手腳著地地求你，要不就給你施加壓力，要不就是欺騙。暫且不說猥褻地亂摸，這種做法在這裡占大多數。或許有朝一日你會──也就是說，或許有朝一日你將學會如何提出要求。實際上，即使人們有時真的會發瘋，為了這個男孩、女孩或愛情而死，也可能遠遠比不上為地下工作和救贖之類愚蠢的舉動而死的人數。不要相信你在電影裡所看到的。在實際生活中，人們要求各種東西，但方式不對。而後，他們不再提要求，只會付出與傷害。最後他們適應了，不再煩惱了，等這一切發生時，為時已晚。人生已結束了。」

「你不要個靠墊嗎？」我問，「我媽媽晚上坐在廚房時，喜歡背後墊一個靠墊。」

雅德娜快二十歲了，仍然像小女孩那樣習於擺弄洋裝的裙襬，好像她的膝蓋是個嬰兒，她得一遍遍地給它蓋好，要蓋得恰到好處，既不能蓋少了，不然它會感冒；也不能蓋多了，不然它不會有足夠的空氣呼吸。

「我弟弟，」她說，「你的朋友，永遠不會有朋友。尤其不會有女朋友。只有臣民，還有女人。他會有很多女人，因為世界上到處是可憐的無恥之徒，拜倒在專橫之人的腳下。但是他不會有女性朋友。給我倒杯水好嗎，普羅菲？不要從水龍頭那兒接，從冰箱裡拿。實際上，我並不渴。你將有女性朋友。我告訴你原因。因為不管人家給你什麼，即使只給你一個麵包捲，或者一張餐巾紙，或者一根茶匙，你的樣子都像在接受一件禮物。好像發生了奇蹟似的。」

我並不同意她所有的說法，但是我決定不去爭論。只有一點除外，是早些時候說過的，我絕對不能對這一點保持沉默。

「可是，雅德娜，你剛才說到地下工作，確實，沒有地下工作，英國人不會讓我們擁有土地。」

她突然一陣大笑，一陣咧開大嘴的悅耳笑聲，只有喜歡做女孩子的女孩才有的笑。然後她試圖用手趕走煙霧，彷彿在驅趕一隻飛蠅。

「你又來了，」她說，「像『戰鬥錫安之音』那樣講話。你不是地下工作者。你和本．胡爾，還有那個叫什麼的，另一個，小猴子。地下工作者是完全不同的東西。可怕的東西。危害性極大的東西。即便真的是別無選擇，你必須去戰鬥，地下工作者也是極有害的。此外，那些英國人也許很快就會捲舖蓋回家。我只希望他們走了以後，我們別後悔，痛惜。」

這些話在我看來非常危險，很不負責任。在某種程度上，這些話酷似鄧洛普士官所說的，阿拉伯人是弱方，很快他們就會變成新的猶太人。雅德娜正在說的與他對阿拉伯人的見解有什麼關聯？沒有任何關聯。然而又有關聯。我生自己的氣，因為我看不出這種關聯，也生雅德娜的氣，因為她說了最好祕而不宣的東西。也許，我有義務把這些想法告訴一位有責任感的成年人？也許告訴爸爸？告誡他們，如此一來，那些需要瞭解的人們會意識到雅德娜有點輕浮。

不過，即便我真的決定把雅德娜的話向人彙報，我也不要引起她的懷疑。

我說：

「我有不同的看法。我們必須用武力把英國人趕出去。」

「我們會的，」雅德娜說，「但不是今晚。看看時間，快十點四十五了。告訴我，你睡得沉嗎？」

這個問題讓我覺得奇怪，甚至有點可疑。我小心翼翼地回答：

「是的。但也不是。看情況。」

「那麼今天夜裡，我希望你最好睡得沉。要是你真的碰巧會醒來，我希望你開個燈，看書看到天亮。可是你不許離開自己的房間，因為一到半夜，如果有月亮，我就會變成大灰狼，或者更確切地說變成一個吸血鬼，我已經貪婪地吃了上百個像你這樣的孩子。所以，不管你幹什麼，夜裡都不要開門。你保證。」

我做了保證。信誓旦旦。可是加重了疑慮。我決定盡量不要睡覺。我想不睡覺肯定不是什麼難事，因為我喝了咖啡，家裡又四處飄著香煙味，還有就是雅德娜說的我堅強的一面，以及其他怪事。

在走廊裡，我洗漱完畢，正要和她道晚安時，她突然伸手摸我的頭。她的手不軟不硬，和我媽媽的手完全不同。她撫弄了一會兒我的頭髮說：「你好好聽著，普羅菲。你跟我說的那個士官，似乎真的很好，他竟然連孩子都喜歡，但是我認為你不會有什麼危險，因為他是個自我克制的人。至少從你的描述中，他是這樣。順便說一句，因為人家都叫你普羅菲，那是教授一詞的縮寫，你幹嘛不真的開始做個教授，別去做什麼間諜或是將軍？半個世界都是間諜和將軍。你——不行。你是個擅長言辭的孩子。晚安。跟你說，我覺得真的不錯，即使我沒有交代，你也把所有的餐具都洗了。本·胡爾只有索取了賄賂，才肯洗碗。」

21

可是，那天夜裡我為什麼把臥室的門從裡面反鎖上？即便現在，四十多年過去了，我仍然不得而知。我現在甚至比那時所知更少（而這裡所謂的「不知」，其方式與程度多種多樣。就像窗子，不但可以開，可以關，還可以半開，或一部分開，其餘部分關，或可以只開一條縫，或外面被百葉窗遮蓋，裡面拉上厚窗簾，或甚至用釘子釘死）。

我鎖上房門，邊脫衣服，邊下定決心絲毫不去想牆那邊的雅德娜。她此刻也許正像我一樣脫下衣服，一顆接一顆地解開她那淺色無袖洋裝上光滑的圓釦。我決定乾脆不去想那些釦子，既不去想靠近她喉嚨的最上邊的一顆，也不去想靠近她膝蓋的最底下的那顆。

我轉開床頭燈，開始看書，但是有點難以集中精神。（「你不應該學偷看，應該學著提要求。」她那麼說是什麼意思？還有「你是個擅長言辭的孩子」！可是怎麼會這樣？她真的沒注意到我是地下室的黑豹嗎？）

我放下書，關上燈，因為快半夜了，但是我了無睡意，思緒奔騰。為了把思緒驅走，我再次轉開床頭燈，拿起了書。還是於事無補。

那個夜晚深沉而廣闊。沒有一聲蟋蟀的唧唧聲擾亂宵禁。聽不到一聲槍聲。逐漸的，書中的潛水艇變成了煙霧潛水艇，在飄動的霧堤中緩緩行駛。大海柔和而溫暖。後來，我變成了山中的孩子，在群山中用一塊塊雲霧為自己營造了一座小屋。突然，小屋旁邊出現了某種咬噬或鋸切的痕跡，如同有隻鯨魚擱淺，在多沙的海底抓搔個不停。我試圖讓它安靜下來，噓噓噓的聲音把我吵醒，我睜開眼睛，發現自己開著燈睡著了，夢中的噓噓聲還沒有停止，依然在繼續。

我立即坐起身來，像盜賊那樣警覺和謹慎。沒有死亡掙扎，沒有鯨魚；這是我整個夏天一直等待的夜間抓門聲。非常輕，但急促而執意的抓搔聲。肯定是來自外面，來自前門。是受傷的地下戰士，也許正在流血。我們必須給他包紮傷口，讓他躺在廚房裡的備用床墊上，他必須在黎明之前上路。爸爸呢？媽媽呢？他們睡著了嗎？他們聽到急迫的抓門聲了嗎？我該把他們叫醒，還是自己去開門？他們不在家。他們出去了。雅德娜在這裡，我曾經信誓旦旦地向她保證絕不離開自己的房間。記得有一次，在我十歲那年，她擦淨並包紮了我的傷口，當時我還很後悔為什麼另一隻膝蓋沒一起受傷。

這時，一陣腳步聲傳來，那是光著腳在走廊裡奔跑的聲音。接著，大門閂上，鑰匙孔轉動鎖上。然後是竊竊私語，更多的腳步聲。現在，換成廚房方向傳來快速而低沉的說話聲。劃火柴聲。水龍頭短促的流水聲。還有一些聲音，是從我床的位置不易辨別的。接下來，又是完全柔和的寧靜。這一切只是場夢嗎？還是真實的？我應該起床，打破諾言，去看看發生了什麼事嗎？

一切歸於寧靜。

只有似有若無的腳步聲。

突然，廁所裡的水箱響了，而後水聲輕輕順著牆上的管道奔流。接著又是模模糊糊的聲音，光著腳經過我房間的門口，這肯定是雅德娜和她受傷的戰士在悄悄說話：「等一下。別出聲。在這裡等。」接著從我父母房間傳來刺耳的聲音。在搬家具嗎？拉抽屜？突然傳來憋住的笑聲，也許是嗚咽聲，那聲音好像悶在水中一樣。

如果我是受傷的地下戰士，在躲避緊急搜捕時，我是否有精力放聲大笑，就像這個傷患，當有人在為我清洗傷口，用火燒火燎的液體救治，用繃帶緊緊包紮的時候放聲大笑？

我覺得自己不會。與此同時，牆那邊的大笑變成了呻吟，一會兒之後，雅德娜也呻吟起來。接著是更多的聲音和竊竊私語。之後又安靜下來。許許多多的黑暗過去之後，遠處傳來零星的槍聲，稀稀落落，好像它們也累了。也許我該睡覺了。

22

背叛的本質，並不在於叛徒突然起身離開關係密切的信仰階層。只有膚淺的叛徒才那麼做。真正具有較深滲透力的叛徒就在內部，在心臟的中央，根本看不出有什麼區別。最與大家合得來的人，最有可能背叛，而這種人，就和芸芸眾生一樣，甚至比芸芸眾生更為芸芸眾生；這種人是真正愛著他正在背叛的人，因為如果沒有愛，又怎麼會有背叛呢？（我承認，這是屬於另一個故事的複雜事情。一個真正有布局能力的人會抹去這些話，或把它們轉到適當的故事裡。然而，我不抹去這些話。如果你願意，可以跳過去。）

那個夏天就要結束了。九月初，我們就要開始上七年級了。新的階段來臨了，我們想要用一只空油桶建造一艘潛地艇，它能夠自由地穿過地殼下面浩瀚的熔岩，它可以從那裡不宣而戰，從地下、從地基下，摧毀整座城市。本．胡爾被任命為潛水艇艦長。像平時一樣，我是他的副手、發明家、首席設計師，負責航海。奇塔．萊茲尼克充當軍需官，收集了十多碼舊電線，還有線圈、電池、開關和絕緣膠帶。我們計畫乘坐我們的潛水艇航海，抵達倫敦皇宮底下的某個位置。奇塔還有個更進一步的私人目的：使用潛水艇抓住他那每隔兩三個星期輪流和他媽媽相守的兩個父親，把他們帶到荒島上。他愛媽媽，也尊重媽媽，希望她過得安好，因為她在年輕時是布達佩斯的著名歌劇演員，現在卻患上了憂鬱症（有人在牆上用紅色顏料寫道：「奇塔一定非常開心——多數孩子只有一個爹。奇塔的媽媽更開心——她先跟一個男人，後來又跟另一個男人。」奇塔用指甲刮蹭這些話，用肥皂擦洗，在上面塗顏料，仍無濟於事）。在聖經課上，澤魯巴比爾．吉鴻先生跟我們講巴比倫畜生怎樣征服耶路撒冷和我們的聖殿，把它們夷為平地。通常他以犧牲妻子為代價開玩笑：如果吉鴻太太那時住在耶路撒冷，巴比倫人一定九死一生。他還抓住時機解釋「九死一生」這個表達方式。

媽媽說：

「我們那個慈善學校裡有個孤兒，叫海莉埃塔，五、六歲的樣子，長了一臉雀斑。她突然開始叫我媽媽，不是用希伯來語，而是用意第緒語，『媽咪』，告訴大家我是她媽媽。我難以決定如何是好。是告訴她我不是她媽媽，她媽媽死了嗎？可我怎能讓她媽媽死兩回呢？還是說不做出反應，等她自己緩過神來？可是其他孩子要是嫉妒又怎麼辦？」

爸爸說：

「挺難的。從道德角度看，怎麼做都會有人痛苦。想想我的書：誰會看呢？都沒生命力了。」

我在東宮沒找到鄧洛普士官。節日過後，我又去找了他三次，還是沒能找到他。即使秋天來了，低垂的濃雲籠罩著耶路撒冷，讓我想到世上並非只有夏天，想到潛水艇和地下戰士。

我想，也許他已透過複雜的密探和雙重間諜網絡發現我背叛了他。或許是因為我和雅德娜說了他的事，她那天夜裡說給她受傷的戰士聽，那戰士又說給他的地下組織聽，他們也許把他綁架了。或者相反，也許在我們見面時，刑事調查部的人跟蹤我們，鄧洛普士官因為叛變而遭到監禁，也許因我之故，他被逐出他所摯愛的耶路撒冷，被放逐到某個遙遠的帝國哨所，到新喀里多尼亞、新幾內亞，也許是烏干達或坦干伊加？

他給我留下了什麼？只有一本他送給我的希英對照的袖珍版聖經。我還留著，但我不能把它帶到學校，因為裡面包括新約，吉鴻先生說新約是反猶太的（但是我看了，我在裡面看到了叛徒猶大的故事）。

我為什麼不給鄧洛普士官寫信呢？首先，他沒給我地址。其次，我恐怕他接到了我的信，也許會惹上更大的麻煩，他們甚至會重罰他。再說，我能跟他說什麼呢？

可是他呢？他為什麼不寫信給我？其實是因為他不能。畢竟，我連名字都沒有告訴他（「我叫普羅菲，」我對他說，「以色列土地上的猶太人。」這並非完整的郵寄地址）。

你在世上什麼地方，鄧洛普先生，我靦腆的敵人？無論你到了哪裡，在新加坡，還是在桑吉巴，你為自己找到了另一個朋友代替我嗎？噢，不能說是朋友——是一個老師和學生。儘管這樣的描述並不對，但又該怎麼說呢？我們之間是怎麼回事？直至今天，我仍無法向自己解釋那是怎麼回事。你是否還記得我給你留的家庭作業？

我能講就講。

我有兩個熟人住在坎特伯雷。十年前，我給他們寫信，詢問他們是否能夠找到他。但沒有結果。

近日，我將包個小包裹，自己帶到坎特伯雷。我將從舊電話簿找起。我將在教堂尋找。我會在市政檔案館詢問。警號 4479。鄧洛普士官，哮喘，喜歡說長道短，一個臉色粉嘟嘟軟綿綿的歌利亞㊺。一個孤獨、和藹的敵人。信仰先知的人。信仰徵兆和奇蹟的人。如果某種奇蹟出現，史帝芬，這本書落到了你手裡，請給我寫幾個字。至少給我寄一張帶圖片的明信片。兩三行字，用希伯來語，或用英語，隨你意。

㊺歌利亞：聖經中記載的非利士族巨人，為大衛所殺。

23

九月，搜查更加頻繁了。還有監禁和宵禁。在奇塔家發現了手榴彈用的控制桿，他的一個爸爸被帶去盤問了（另外一個當晚出現）。我們老師澤魯巴比爾・吉鴻先生又在課堂上詆毀巴比倫人，也表達了他的疑慮：先知耶利米在戰爭和圍困期間所言，是否符合先知的身分？在吉鴻先生看來，當敵人兵臨城下時，先知的職責在於喚起民眾精神，團結普通百姓，把憤怒傾瀉到城牆外面的敵人身上，而不是傾瀉到城中的教友身上。尤其是，一個名副其實的先知不可傷害皇族和民族英雄。可是先知耶利米是個憂思深重的人，我們必須努力理解並原諒他。

媽媽讓兩個孤兒在我們家待了幾個星期。他們是偷偷移民來的，一個叫歐萊格，另一個叫赫希，可是爸爸宣布從今以後他們叫茨維和埃伊爾。我們在我的臥室裡給他們放上備用床墊。他們有八、九歲，然而他們連自己的年齡都不知道。我們錯把他們當成兄弟，因為他們都姓布里恩（爸爸後來給他們改成具有希伯來化特徵的「巴昂」）。誰知他們竟然不是兄弟，甚至沒有任何關係。實際上，他們是敵人。然而，他們的敵意是靜靜地顯露出來，沒有暴力，甚至沒有詞語。他們不懂希伯來語，好像只能用另一種語言說一點話。儘管他們相互憎恨，但是他們夜裡睡在床墊上，蜷縮在一起，就像一對幼犬。我努力教他們希伯來語，從他們那裡學點我無法識別、迄今也無法解釋的東西。不過我知道，對那些事，那兩個孤兒比我要懂得多上千倍，比多數成年人還懂。節日之後，一輛小卡車把他們拉走，去了一個拓荒者青年村。爸爸把我們家的箱子送給他們，媽媽往裡面裝上我穿不下的衣服，讓他們兩個穿，以免他們為此打架。媽媽還撫摸著他們因怕長蝨子一度被剃光的頭。當他們相互擠在卡車裡面的一個角落時，爸爸對他們說：

「你們的人生開始了新的篇章。」

媽媽說：

「來看我們啊。備用床墊永遠給你們留著。」

是的，我跟父母說了雅德娜的事。我非說不可。也就是他們去台拉維夫的那個夜晚，雅德娜睡在他們房間，後半夜，來了個傷患，雅德娜給他包紮傷口，天亮之前他悄悄離開我們家走了。我什麼都聽見了，可什麼也沒看見。

爸爸說：

「呵，我的基內雷特，你是在那裡呢，還是在做夢？56」

我生氣地回答：

「我沒有做夢。是真的。這裡有個傷患。我很遺憾跟你們說這些，因為你們就只知道取笑我。」

媽媽說：

「孩子說的是實話。」

爸爸說：

「真的嗎？如果這樣，我們應該和那位年輕的女士談談。」

媽媽說：

「實際上這事跟我們沒有關係。」

爸爸說：

「但肯定是違背了我們對她的信任。」

---

56 基內雷特是以色列北方一座湖名。該句話出自現代希伯來女詩人拉海爾的詩歌。

媽媽說：

「雅德娜不是小孩子了。」

爸爸說：

「可是這個孩子還是孩子，而且是在我們床上。誰知道那是個什麼樣的遊民？無論如何，這事我們以後一定要說，就妳和我兩個人。至於你，閣下，」他說，「現在立刻回你房間，繼續做作業。」可是這不公平，因為爸爸清清楚楚地知道我一放學就做作業，那是頭等大事，有時甚至來不及吃冰箱裡的東西就去做作業了。但我活該，因為我跟他們說雅德娜和傷患的事也不對。可從另一方面來看，我又怎能不說呢？我不是在履行那第三點、第四點的責任嗎？但話說回來，不該說的我都說了，該說的我卻沒說。因此我回到自己的房間，這一次我也是從裡面反鎖上房門。我拒絕開門，直到第二天早晨幾乎就沒答理過他們。即便他們敲門，即便他們威脅說要懲罰我，即便他們真的擔心了（我很過意不去，但不動聲色），即便爸爸在牆那邊，故意抬高聲音對媽媽說：

「沒關係。沒那麼可怕。摸黑想事情傷不了他。」（他這麼說是對的。）

那天晚上，我獨自待在自己的房間，饑餓，然而驕傲且憤懣。我這樣想：除了解放故鄉、地下工作和英國人之外，世上當然還有其他的祕密。被卡車帶走變成拓荒者的赫希和歐萊格，也許真的是一對兄弟，出於某些個人原因，裝作素不相識，裝作敵人。或者，與之相反，他們素不相識，但有時裝作兄弟。人需要觀察，保持沉默。任何事物都有某種影子。也許連影子也有影子。

24

那個夏天過了不到一年，英國人離開了我們的土地。希伯來國家成立了。建國的那個夜晚，阿拉伯軍隊從四面八方攻打它，但是它奮起戰鬥，打贏了。從那以後，它一次次戰鬥，又一次次贏得了勝利。我媽媽，曾經在哈達薩醫院學習護理，在設於施伯萊特報攤旁邊的急救站照顧傷患。夜晚，她負責給死者家屬發死亡通知，和她一起的還有年輕的瑪格達．格里皮尤斯。在和傷患與死難者打交道的空檔，她住在慈善學校，照顧她的孤兒們。夜裡，她在儲藏室的一張行軍床睡上兩三個小時。她幾乎就不回家了。在戰爭期間的幾個月，她開始抽煙。從那以後，她一直抽煙，表情有點苦澀，好像香煙害她反胃。爸爸繼續創作標語，可是這時候他也為戰鬥部隊起草宣言和傳單。他還參加了一個速成班，學習使用迫擊炮。他總是抬起眼鏡腳架，讓眼鏡斜著，這樣鏡片就可以放低，方便他工作。他認真負責地、符合邏輯地、準確無誤地拆卸、上油、重新組裝國產迫擊炮。他嚴格地轉緊一個又一個螺絲釘，彷彿正在為他的書加個至關重要的注釋。本．胡爾、奇塔和我裝了幾百個沙袋，幫忙挖戰壕。在耶路撒冷遭到圍困、受到外約旦王國猛烈炮火襲擊的日子裡，我們用閃電般的速度，從一個陣地跑向另一個陣地傳遞情報。後來，一顆炮彈把一棵橄欖樹攔腰炸斷，掀掉了西諾皮斯基兄弟中弟弟的頭，當時他正和哥哥坐在橄欖樹下吃沙丁魚。戰爭結束後，哥哥搬到了阿富拉，雜貨店改由奇塔的兩個爸爸共同掌管。

記得十一月末的那個夜晚，收音機中宣布聯合國在美國一個叫成功湖的地方，決定讓我們建立一個希伯來國家，即使是個分成三塊的小國。爸爸凌晨一點鐘從布斯泰爾博士家回來，他們都聚集在那裡聽收音機宣布聯合國的投票結果。他彎下腰，用溫暖的手撫摸我的臉龐。

「醒醒。別睡了。」

說著，他掀開我的被單，和衣上床躺在我身邊（他總是極其嚴格地主張，人不能穿著平時的衣服上床）。他默默地躺了幾分鐘，仍然撫摸我的臉龐，我幾乎不敢呼吸。突然，他開始說起以前從未在家中提及的事（因為那是禁忌），說起我一直知道但被禁止問起的事。你不可以問他，不可以問媽媽，通常，我們有許多事情是說得越少越好，事情也就了結了。此時，他用憂傷的聲音跟我講起他和媽媽在童年時代住在比鄰波蘭的一個小鎮上的情形。住在同一街區的惡棍會凌辱他們，野蠻地毆打他們，因為猶太人在他人眼中都很富有、懶散和狡猾。他們有一次還在班上同學面前剝光他的衣服，那是在體育館，是用暴力，當著女孩子的面，也當著媽媽的面，他們嘲笑他受了割禮。他自己的父親——也就是我爺爺，被希特勒殺死的爺爺——後來身穿西裝、佩戴絲綢領帶前去向校長告狀，可是當他離開的時候，惡棍們把他抓住，也用暴力剝光了他的衣服，那是在教室，當著女孩子的面。接下來，爸爸依然用一種憂傷的聲音，這樣對我說：

「但是從今以後，將會有個希伯來國家。」他突然擁抱了我，不是輕輕地，而是熱烈地。我的手在黑暗中打到了他高高的額頭，我的手指碰到的不是眼鏡，而是淚水。我從來沒看過爸爸哭泣，無論在那個夜晚之前還是之後。實際上，即便在那時候，我也不曾目睹，只有我的左手看到了。

25

這就是我們的故事。它來自黑暗，稍作徘徊，又回歸黑暗。它留下了融進痛苦和些許歡笑、悔恨、驚奇的記憶。煤油車上午從我們身邊經過，賣煤油的坐在車上，手裡輕輕晃動著馬韁繩，搖動著手裡的鈴鐺，向他那匹老馬唱起綿延悠長的意第緒語的歌。在西諾皮斯基兄弟雜貨店裡打工的男孩有隻奇怪的貓，老是跟在他的身後，與他寸步不離。拉札魯斯先生——柏林來的裁縫，一個不停點頭、不停眨眼的人——對此總是疑惑不解：有誰曾經聽說過忠心耿耿的貓？他說也許那是蓋斯特，是精靈。未婚的瑪格達·格里皮尤斯愛上了一位美國詩人，追隨他去了賽普勒斯的法馬古斯塔。幾年後她回來了，攜帶著一管長笛。有時我會在深夜醒來，聽著笛聲，心裡某個聲音在悄悄地說，永遠不要將其忘記，這是本質，其他的東西只是影子。

對於確實發生的事來說，其反面是什麼？

媽媽曾說：「已發生的事的反面是沒發生的事。」

爸爸說：「已發生的事的反面是將要發生的事。」

十四年後，有一次，當我和雅德娜在加利利海岸、太巴列的一家小漁店裡不期而遇時，我向她發問。她沒有回答，而是爆出了她那燦爛的笑聲，那笑只屬於喜歡做女孩子的女孩，她完全懂得什麼是可能的，什麼是已經註定了的。她點上一根煙，回答說：「已發生的事的反面，是如果沒有謊言和恐懼就可能發生的事。」

她的這些話把我帶回到那個夏末，帶回到那豎笛聲中；奇塔的兩位父親，奇塔母親去世後，他二人繼續住在那裡；拉札魯斯先生，他在樓頂餵養母雞，幾年後決定再婚，為自己做了套深藍色的三件式西裝，邀請我們大家吃素食，但那天晚上，在婚禮和宴席之後，他突然起身跳樓……還有警號 4479，還有地下室的黑豹，本・胡爾以及我們從未發射到倫敦去的火箭，還有藍色的百葉窗，它或許如今依舊在溪水上漂流，做著圓周旅行，回到了磨坊。這些之間有什麼關聯嗎？難以說明。那麼故事本身呢？我講這個故事，是否把所有的人都背叛了？或相反地，如果我不講這個故事，才是把他們給背叛了？

【作品解析】

離散史與懺悔錄

——（作家）陳柏言

我把書闔上，把它放回原處，而後又拿起另一本書，再次翻開書頁，專門尋找插圖和地圖。一、兩個小時過後，我有點陶醉，想到地下室的黑豹，感覺到自己一心一意，清清楚楚意識到該怎麼做，該為什麼奉獻自己的生命，原因何在——一旦那一刻真正來臨，我將為之獻身。

——奧茲，《地下室的黑豹》

愛與黑暗的故事

我的奧茲（Amos Oz）元年始於二〇一二。

那一年，我讀了初譯進臺灣的《愛與黑暗的故事》，從此成為奧茲的愛好者。他筆下的世界如斯迷人：浩瀚沙漠與古城，聖域耶路撒冷，人類至其野蠻的種族滅絕，猶太族裔大規模的流離與建國工程……，那讓寫作者個個稱羡的、得天獨厚的「經驗的火藥庫」。當然，最讓人珍視的，還是奧茲的才氣與教養，使他能夠馭沉重於輕盈。借用莫言的話來說吧：「這裡的確是人類靈魂的演示場，這裡也的確是人的光榮和人的恥辱表現得最充分的地方。這裡毫無疑問是文學的富礦，這裡應該產生偉大的文學，但寫作的難度之大也是罕見的。艾默思．奧茲先生擔當了這個民族，這個國家的文學代言人，用他一系列作品，尤其這部《愛與黑暗的故事》，完成了歷史賦予文學的使命。」

二〇一五年，《愛與黑暗的故事》由娜塔莉．波曼改編為電影（波曼和奧茲的身世頗為相似），很遺憾我正好錯過了上映時間——因此，直到今日我仍難想像（卻也憧憬），那樣一部國族與心靈的史詩，如何化為影像。《愛與黑暗的故事》以自傳筆法寫成，可謂奧茲創作歷程中，最重要的作品。其涵括了作者最核心的母題：以色列的建國史，家族的移民、落地與生根，及在此動盪的狀態下，猶太男孩的成長故事：性的啟蒙，朋友兄弟之情，國族意識，文學世界的摸索……。

作者於《愛與黑暗的故事》序言中曾提及，此書的主題若要簡化為一個詞，便是「家庭」。對奧茲來說，家庭是「世界上最為奇怪的機構」，一齣悲喜交雜的矛盾劇，是同時見證苦難與奇蹟的場景。在此，我們很難不聯想到，奧茲母親於他十二歲那年的自縊，奧茲此生恆久的匱缺與傷痛。《愛與黑暗的故事》，可以說是一部悼亡之書：既是祭悼，亦是告別。小說的尾聲，主角回想起母親於雨中的漫步，那「我已能做她父親」的深情回眸（奧茲於鍾志清的訪談中，坦承那確實只是「一個幻想」）；或者，《地下室的黑豹》，母親聽聞某些詞彙（如鐘樓、歌劇、芭蕾舞、馬車），便會因思念故鄉而傷感。敏感憂傷的母親，成為奧茲一再通過文字，召喚的故人（試著追問：當時，母親為什麼做出那樣的決定？）。母親提早的缺席，造就奧茲生命的缺口，卻使之綻開帶有傷逝意味的家族敘事。這樣看來，奧茲的書寫固然乘載了如莫言所說「國家文學」、甚至整個猶太族裔移動史的公共意義；然而，其內核卻又極其私密且抒情。

愛，與黑暗，與故事。奧茲小說，當可如是觀。

神的文字

《地下室的黑豹》，亦是一部愛與黑暗的故事。

小說的最後一章，敘事者點明：「這就是我們的故事，它來自黑暗，稍作徘徊，又回歸黑暗。」何謂黑暗？敘事者如此闡述：「我喜歡『黑暗』和『幽谷』等詞語……，我喜歡死亡陰影，因為我不了解它。」他又說：「陰影只有一面。」那讓我們想起納博可夫《說吧，記憶》開篇，也有相仿的主張。兩位作家所說的黑暗或有不同，卻同時指向寫作的悖論：追述之必要，追述之虛無。

關於寫作：奧茲曾在一次演講中提及，以色列人最迫切的需要，並非物質，也非國際地位，而是「寫書」。對一個新興的民族國家來說：寫書是記憶的迫切，也是文明的迫切。也因此，《地下室的黑豹》中主角被稱為普羅菲（希伯來語中「教授」的縮寫，指其熱衷於觀察字詞），便饒富意義：那不只意味著他是個文學青年，亦同時具備了國族的隱喻。

彼時，世界各地的猶太人遷居耶路撒冷，為了相互溝通，古老的希伯來語就此復活。國家是新的，語言卻是舊的，許多詞彙必須新造（這在《愛與黑暗的故事》中提到更多）。彷彿《百年孤寂》那個著名段落：世界是新的，必須用手去指。小說中，普羅菲教導鄧洛普士官（那靦腆而心不在焉的敵人），以希伯來語閱讀《聖經》；「起重機、鉛筆、襯衣等詞與令他無比驚奇，因為它們源於古代詞彙。」而其成年儀式，竟是學者父親挪出自己書架的一部份，給兒子擺書。而當英國軍人搜索家屋，父親之所以異常熱切介紹家中藏書，亦來自國族的糾結情懷：

如果爸爸最終能夠讓英國人相信：我們，他們的臣民，在這裡，在帝國的一個遙遠的角落受苦受難，我們確實是了不起的、有知識、文明、愛讀書、熱愛詩歌和哲學的民族，那麼英國人會立刻改變想法，解除所有的誤會，而後，他們和我們將無拘無束地相對而作，得體地談論一切，談論人生的意義和目的。

波赫士有一則我很喜歡的短篇，名為〈神的文字〉。這篇小說有一頭真正的豹。故事發生的場景：一處「幾乎是完美半球形」的石牢，石牢中央有道牆，牆的一邊是持守珍寶祕密的巫師，另一邊則是悄然踱步的美洲豹。在那漫長拘囚的初期，巫師通過「回憶石頭紋理的次序和數目，或者一株有藥效的樹的形狀」，堅守信仰，抵禦無邊無際的時間。而後，他記起了神，想牆另一邊的美洲豹，豈無可能是神欲傳達予他的訊息？他研究起豹皮上的花紋及次序，包括斑點的特殊形狀、生長位置、重複樣式等等。終於，有一日他參悟了神的啟示，發現那豹紋是「由十四組偶然（看來偶然）的字湊成的口訣」，且只要大聲唸出，就能無所不能：「我就能返老還童，長生不死……我就能重建金字塔，重建帝國。」

然而，巫師最終選擇了沉默，「我躺在暗地裡，讓歲月把我忘記」。

若說波赫士的「神的文字」，是對世界本質的觀臨（然終歸於虛無——沉默）；則寫出《地下室的黑豹》的奧茲，確實使用了「最接近上帝的文字」，去思考字詞於以色列人的倫理意義。作為一個「普羅菲」，奧茲不得不扛起記憶的使命。他必須寫。誠如小說中，那個鄰居女孩雅德娜的話：「你幹嘛不真的開始做個教授，也不去做間諜或將軍？半個世界都是間諜和將軍。你——不行。你是個擅長言辭的孩子。」

叛徒學

《地下室的黑豹》以「我一生中，有許多次被人叫做叛徒」開篇，便揭示本書的另一個主題：何謂「背叛」。這可以是個大河題材，卻被奧茲轉化成了少年的（偽）啟蒙之旅。小說設定的時間點，是英軍撤離以色列前夕，一個（後）殖民國家的過渡的時刻（奧茲另一中篇《鬼使山莊》，也處理了這段歷史，卻採用截然不同的視角）。事實上，台灣亦身處這樣的「（後）殖民情境」。我們面對曾經的殖民母國，如日本，如中國，甚至美國，在反抗與斡旋之際，亦同時辨認／辯證著「台灣人」之為何物。（普羅菲的難題，讓我想起呂赫若〈玉蘭花〉，那欲攀登玉蘭花樹，遠眺日本客離去的男孩）。

因此，《地下室的黑豹》寫的雖是以色列和英國的糾結曖昧，卻也提供了我們思考台灣處境的借鏡。普羅菲因與英國士官交好，而被好友喚作「叛徒」——他們平時有個地下組織，宗旨是「若英軍不退出以色列，就要把倫敦炸掉」（當然，那只是個戰爭遊戲）。被指「叛徒」，小普羅菲顯然受了傷，但他接下來的作為，並非衝突或認錯（那就是一般的成長小說了），而是如黑豹蟄伏，思考「背叛」的意義（畢竟，他是個「普羅菲」）。他翻閱辭典，檢索「叛徒」的辭源；他與母親交談，而得到了「一個會愛的人不是叛徒」的安慰。他思考著：「沒有歸屬，因此不會有叛變。任何有歸屬者都會叛變」、「最與大家合得來的人，最有可能背叛，而這種人，就和芸芸眾生一樣，甚至比芸芸眾生更為芸芸眾生；這種人是真正愛著他正在背叛的人，因為如果沒有愛，又怎麼會有背叛呢？」

《地下室的黑豹》中，普羅菲的第一次「背叛」是在十二歲；而真實生命裡，奧茲也於十四歲背叛了他的父親。母親死後，原來就與父親相處不睦的青年奧茲，離家出走，抵達另一座城市。他將父親的姓氏，塗改成了奧茲（不知與《綠野仙蹤》有無關係：一個虛構的國度）。奧茲開始寫作，彷彿普羅菲那樣，他翻騰於詞物之間，編排字的順序，寫下猶太族裔的歷史。並於五十八歲這一年，出版《地下室的黑豹》，反思「背叛」的意義。由此看來，這本書便不只是一部民族離散史，也同時是奧茲一生的課題，一部懺悔錄。

窗子背後的女人

——艾默思・奧茲在二〇〇七年度阿斯圖里亞斯親王獎頒獎儀式上的答謝辭

如果你買一張票，旅行到另一個國家，你會想去看那裡的紀念碑、宮殿、廣場、博物館、山水，以及歷史遺跡。如果你很幸運的話，還可能有機會同當地人民交談。然後你帶著一大堆照片或明信片，回返家中。

但是，如果你讀上一本小說，就能真正地獲得進入另一個國家、另一個民族最隱祕之地的門票。讀外國小說，就好比是得到造訪別族家庭以及別國私宅的邀請。

如果你只是遊客，你會站在舊城的某條街上，仰望一座老宅，你看見有個女人，正從窗戶裡凝視著你。然後你便走開了。

但如果你在讀書，就也能看見那女人，看見她從自己的窗口向外觀望，可是，你會和她作伴兒，在她房裡，在她心中。

讀外國小說時，你能真切地得到邀請，進入別人的內室，進入他們的兒童房、書房，進入臥室。你會受邀進入他們內心的悲傷，進入他們家庭的歡樂，進入他們的夢想。

這便是我相信文學乃人類溝通橋梁的原因所在，我相信好奇能夠成為一種道德力量。我相信，對他者的想像可以療救狂熱與盲信。對他者的想像，不僅會讓你成為更好的商人，或是更好的情人，還能成為更好的人。

猶太人和阿拉伯人之間的悲劇，部分是由於我們有太多人，猶太人和阿拉伯人，無力去想像對方。真切地想像對方：那種愛，極度的恐懼，憤怒，激情。在我們之間，有太多的敵意，太少的好奇。

猶太人和阿拉伯人在某些基本方面是共通的：他們都曾被歐洲過去的暴力之手，以粗野和蠻暴惡待。阿拉伯人——經歷了帝國主義、殖民主義、剝削和羞辱。猶太人——經歷了歧視、迫害、驅逐，以及史無前例的大屠殺。

有人或許會認為，這樣兩個受害的族群，尤其是兩個被同一施暴者加害的族群，或會生出團結之心。唉！同途殊歸，兄弟鬩牆，小說裡如此，生活中亦如此。有些最慘烈的衝突，的的確確發生在同一施暴者的兩個受害人之間；同一個暴力父親的兩個孩子，未必能生出兄弟之情。他們往往以施暴的父母看待對方。

中東猶太人和阿拉伯人之間的狀況正是如此。阿拉伯人將以色列人視作現代的十字軍，白種的、殖民的、歐洲的延伸，而許多以色列人，從他們的角度，也將阿拉伯人看成我們過去的壓迫者，大屠殺和納粹的新化身。

這種狀況讓歐洲背負上了一種解決以阿衝突的特殊責任：歐洲不應對哪一方橫加指摘，而是要對雙方均投入更多的情義、理解和扶助。你們已經沒有要麼支持以色列，要麼支持阿拉伯的選擇了。你們只能支持和平。

那窗子裡的女人，也許是納布盧斯的一個巴勒斯坦婦女，也可能是台拉維夫的一個以色列猶太婦女。如果你們想在這兩扇窗、兩個女人之間幫忙達成和平，最好多讀一讀她們。讀小說吧，親愛的朋友們。小說會告訴你許許多多。

這恰恰也是兩個女人互相閱讀的時刻。終於可以去瞭解，是什麼讓窗子後面的那個女人害怕、憤怒，或滿懷著希望。

我不會對你們妄言，今晚讀小說，今晚就能改變世界。我對你們說過，我也一直相信的是，讀小說是理解所有窗子背後所有女人的最佳途徑之一，當長日將盡，當和平危在旦夕。

我要向阿斯圖里亞斯親王獎的評委們致謝，你們授予了我這個高貴的獎項。謝謝諸位，對所有人道一聲：「Shalom」㊲。

㊲ Shalom：希伯來問候語。

木馬文學 118

地下室的黑豹
Panther in the Basement

作　　者：艾默思・奧茲 (Amos Oz)
譯　　者：鍾志清
總 編 輯：陳郁馨
副總編輯：簡伊玲
行銷企劃：廖祿存
校　　對：呂佳真・廖祿存
封面設計：陳文德視覺設計事務所
電腦排版：中原造像股份有限公司

社　　長：郭重興
發行人兼出版總監：曾大福
出　　版：木馬文化事業股份有限公司
發　　行：遠足文化事業股份有限公司
地　　址：231 新北市新店區民權路 108 之 4 號 8 樓
電　　話：02-2218-1417
傳　　真：02-8667-1891
E m a i l：service@bookrep.com.tw
郵撥帳號：19588272 木馬文化事業股份有限公司
客服專線：0800221029
法律顧問：華洋國際專利商標事務所 蘇文生 律師
印　　刷：中原造像股份有限公司
初　　版：2017 年 9 月
定　　價：新台幣 290 元
I S B N：978-986-359-428-4

國家圖書館出版品預行編目（CIP）資料

地下室的黑豹 / 艾默思・奧茲（Amos Oz）著；鍾志清譯 ,--
初版 , -- 新北市：木馬文化出版：遠足文化發行 , 2017, 09
面；　公分 ,--（木馬文學；118）
譯自：Panther in the Basement
ISBN 978-986-359-428-4（平裝）
864.357　　106011911

ECUS

ECUS